叢木

悦书坊
——向继东 主编

青山谣

潘年英 著

山西出版传媒集团　北岳文艺出版社
·太原·

图书在版编目（CIP）数据

青山谣 / 潘年英著. — 太原：北岳文艺出版社，2023.8
（悦书坊 / 向继东主编）
ISBN 978-7-5378-6754-2

Ⅰ.①青… Ⅱ.①潘… Ⅲ.①长篇小说—中国—当代 Ⅳ.① I247.5

中国国家版本馆 CIP 数据核字（2023）第 134396 号

青山谣

潘年英　著

//

出品人
郭文礼

选题策划
连军

责任编辑
谢放

插图
刘克青

装帧设计
张永文

印装监制
郭勇

出版发行：山西出版传媒集团·北岳文艺出版社
地址：山西省太原市并州南路 57 号　邮编：030012
电话：0351-5628696（发行部）　0351-5628688（总编室）
传真：0351-5628680
经销商：新华书店
印刷装订：山西人民印刷有限责任公司

开本：890mm×1240mm　1/32
字数：148 千字　印张：7
版次：2023 年 9 月第 1 版
印次：2023 年 9 月山西第 1 次印刷
书号：ISBN 978-7-5378-6754-2
定价：66.00 元

本书版权为本社独家所有，未经本社同意不得转载、摘编或复制

总序

二十年前,身居南国的林贤治兄赐我一册《2003:文学中国》,希望我为此写点文字。林兄是诗人兼学者,著述颇丰,又是眼光独到的编辑家。他选当年公开发表的作品,结集这样一本书,无论体裁和篇幅,也不论名家或凡夫俗子,只要能入法眼者即收。后来我写了篇《作家不能"生活在别处"》,载于《文汇读书周报》。令我意外的是,十多年来一直有人转载此文,使我惭愧而惶恐。检讨自己,这些年来我虽没有改变自己,却变得麻木而无奈了。

何为好作品,也许见仁见智吧。但有一点是共通的:作家必须直面真实,感受痛点与苦难。任何漠视底层的写作,要出好作品是不可能的。余华的现代经典《活着》,把底层人物的希望、痛苦、挣扎、哀伤、无奈、坚韧状写出来,令人震撼,作为长篇,短短十几万字,其人物形象之丰满,堪称典范。

中国有多少作家?至少数以十万或百万计吧。历代的文人墨客,我们能记住多少?对人类自身有关怀和悲悯的作家太少了!李白和杜甫都是伟大的诗人;但我更喜欢杜甫,更喜欢白居易。杜甫的"三吏""三别",白居易的《卖炭翁》等篇什,每读一次,都能让人扼腕猛醒。那唐王朝的繁华,其实只是"皇亲国戚们"的。"兴,百姓苦;亡,百姓苦。"这才是历史的真实……

当下，几乎众口一词叹曰："出书买书都很难啊！"是的，读书的人少了。无论在哪里，也无论老少，满眼大都看手机；偶见捧读者，也许多为摆拍。但我想，只要良知未泯，是真诚的，其作品就不怕没有读者。

"悦书坊"重名家不唯名家，只是希望作品更有特点和个性，更好读，庄重而不一定崇高，活泼而不浅陋。题材风格不限，或关怀人生与社会，或发自内心的反省与拷问，不拘一格，挥洒自如。

是为序。

向继东
2023年6月14日

序
无处安放的灵魂

杨仕芳[1]

潘年英老师这部十多万字的小长篇《青山谣》，是我一直渴望遇见的小说。自写作以来，我一直渴望能够写出这样的作品：故事情节简单明了，却让读者身陷其中欲罢不能，小说特有的情绪在不经意间抵达读者的内心，从而促使作者和读者在另一个维度里不期而遇，在某种不谋而合的下意识里，共同完成小说的界定与延展。

这种小说让我着迷。

《青山谣》这部小说就是如此。读罢，我实在按捺不住内心的激动，顾不上已是半夜三更，当即给潘老师发了条信息：手扶茅台酒，灵魂无处安。我急切地想告诉潘老师，读这部小说的感受，就像品一坛陈年老酒，品着品着就半醉不醒，猛一抬头四顾茫茫，视线里充斥着浓雾般的迷茫与不安。

这部小说讲一个侗族中年男人因超标砍伐木材被派出所拘留，当教授的哥哥四处寻找关系请求放人而不得的故事。故事简单得都

---

[1] 杨仕芳，1977年生于广西三江县。著名侗族作家。著有《而黎明将至》等作品。现居柳州。

快不好意思概括了，但是潘老师却在这个并不鲜见的事件里写出了陌生和遥远，使平淡的日常事件突起波澜，进而揭示出生活和活着的内核与本质。

　　自古以来，侗族人居住在湘、黔、桂交界地域的深山老林里，因交通不便、信息闭塞、物质匮乏，连文化中心都城都难以兴建，商业文明也不曾出现——直到近代这一切才有所改观。纵观八百里侗乡，山高水远、古木粗壮、野兽出没，这既给在此繁衍生息的族群带来危险，同时也带来生存之机。侗族人长期与山林打交道，摸索出了与山林和谐共处的生存密码：人与自然予取予求。这里的山地盛产良品杉树。古时官者来到侗乡，发现藏于深山的参天良木，派人砍伐运往京城建设官殿，称之为"皇木"；由此可见产于侗乡的木材质量之上乘，这自然令族群引以为傲。侗族人喜欢上了种植杉木，久而久之，就成了这里最为重要的生存仪式和内容，也成了人们的信仰。父辈种树子辈砍伐，子辈种植孙辈砍伐，如此循环，山地永远林木葱郁、鸟语花香。人们从山上砍下杉木搭建吊脚楼，村子中央总少不了雄壮的鼓楼耸立，精致的风雨桥静卧在河流之上，其木质建筑技艺让世人惊叹。人们在山林里劳作，闲余以模拟自然之声为乐，成就了数百年后享誉中外的侗歌大歌。由此可见，在此生活的人们，虽不富饶，却也安然。

　　这主要归功于山林的滋养。

　　当现代文明不断地侵袭这片土地，尤其是进入新世纪之后，许多村庄开始出现水泥砖房，取代以杉木构建的吊脚楼。人们不再直接使用木材建设房屋，而是用木材兑换成钞票再购买建筑材料。当林木变成触手可及的利益之后，诱发出人性中的贪欲与恶念，于是出现了过度砍伐现象，不少地方甚至出现毁灭性的砍伐惨状。这自然引发制度制定者的反应：封山育林，所有的砍伐都必须按指标来执行。从国家长远发展战略来讲，这种制度是没有任何问题的。但事物总有两面性，这制度从另一方面来说，颠覆了这方土地的生存法则——人们可以在山上种植树木，但当树木长大后却不能随意砍伐，靠山生活的人们对木材砍伐的需求与法规严格控制之间形成了矛盾与冲突。这种矛盾与冲突难以调解之后，总有些胆大的人便违背法规私自砍伐，于是出现了小说开头一幕：主人公的弟弟因被人举报私自砍伐木材而进了派出所。

小说由此展开。

作为兄弟，作为大哥，作为本地有名望的文学院教授，主人公自然不会袖手旁观，这个在生活中从不求人也不屑与官员打交道的自命清高的文化人，不得不动用仅有的人脉。哥哥放下身段，使出浑身解数，不可谓不努力，最终却于事无补。弟弟在小说里从始至终都没有露面，却是这部小说的主要动因。这部小说，所有人物都围绕他展开活动，并逐渐由此引出整个事件背后深层次的东西：传统文化与现代文明的矛盾与冲突。作者通过小说人物正安教授指出这方水土与这个时代的症结，正如正安教授在他写下的《相对贫困论》中所总结的：贫困是相对的，不是绝对的，不是说有钱了就不再贫困，真正的贫困或者说从文化层面上来说的贫困，是指灵魂不够充实丰盈。灵魂的贫困才是真正意义上的贫困——最为可怕和难以摆脱。能否消除这些贫困，不仅是这个族群，亦是整个人类共同面临的难题。

回到这块土地上，现代文明的不断深入侵袭，多数时候使人们无所适从，茫然不知所措，这个被称为"没有国王的王国"的族群，在利益面前也逐渐变了心性，开始相互算计、举报和陷害，甚至明目张胆地侵占他人财物。静默的山林已不再安详，隐藏在树叶下的人心，有时比野兽更加叫人胆寒，和谐之景已随风远逝，再难复返。这都是灵魂贫困所致。世上许多古怪问题，究其原因，皆在此。颇具名望的彭正安教授在现实面前都无能为力，何况是那些生活在底层的小老百姓呢？！他们遇到困难又能怎么办？小说里的两位姑妈给出了和她们诅咒一样响亮的回答。她们直接绕开并不了解，也不相信的现代文明下的法规，摇身变成泼妇，对那些令她们不满的现象破口大骂，尽管她们知道这样做并不能解决什么，但她们愿意如此，拖着七八十岁的干枯躯体发出青年人般的怒骂，本身就是一个巨大的隐喻和反讽。从心底讲，没几个老妇人愿意扯下脸皮在光天化日之下叫骂，这不符合侗族妇人温和善良、勤劳聪慧的性情与形象。她们显出粗鲁蛮横的丑态，无外乎别无选择。

本文由此追问：当社会不断向前发展，当文明和传统的冲突不断激烈时，在这块土地上生活的人们该何去何从？小说通过教授与妻子之间的矛盾来解答这个问题。当现代文明越来越深刻和深远地影响这方水土时，在那里生活的人们对信仰不得不重新认知和选择。教授是这块土地上高级知识分子的一个缩影，也是智慧与良知的象征，其身上有着正义、追求和悲悯等优良品性。教授妻子也是位高级知识分子，她在寻找一条跟教授不同的出路。从某种程度上讲，他们的期待与选择，即是这个族群的期待与选择。随着时代的变迁与发展，这对夫妇对世界的认知逐渐产生距离，尤其在信仰这个问题上更是直接起了冲突。妻子信奉基督教，而且信奉过了头，以至于让教授难以接受，从而导致夫妻情感走向破裂。从表面上看，这只是这对夫妻的家庭内部矛盾；事实上，这是两种文化难以调和的冲突的结果，这亦是预示这个族群在对信仰与未来的选择上的迷茫与艰难。虽然小说没有给出明确的答案，但是作者对选择宗教来引导和拯救这个族群的行为给予了坚决地否定。

教授始终坚守初心，却在现实面前束手无策，进而倍感焦虑，内心充斥着对外界索求和排斥的自我矛盾。但他最终还是选择听从来自灵魂深处的招引，为这块迷茫的土地发出也许什么也改变不了的呼喊——即便什么都改变不了，但呼喊的坚决态度已经再次稳稳地托住了这个族群赖以生存的基石，还原了这个族群最初和最后的良善本性。无疑，在这个越来越浮躁的时代里，这个族群的灵魂日益悲伤，无处安放，他们归属山林而山林却无法再承载他们。即便如此，这个族群依然乐观向上，依然对生活充满感激和向往，依然如脚下的土地般宽厚和慈悲，如同小说的结尾，教授在梦境中告诫弟弟，即便受伤也不要怨恨任何人。

或许，唯有爱与慈悲，才能抚慰和指引这个族群业已慌乱的灵魂。

目录

第一章 ·· 001

第二章 ·· 058

第三章 ·· 121

第四章 ·· 158

跋　我想写一种真正的侗族小说 ·· 204

第一章

1

我从未想过有一天我弟弟会出事,而且是"进圈"[1]那么大的事。尽管之前已经有了不少的预兆,但我还是没能将"进圈"这样的事情跟我弟弟联系起来。所以,当三弟媳琼英打来电话时,我觉得那应该只是一个梦,而不是真实的现实。

当时我正与妻子橙子及女儿婠云一如既往地在宰马镇橙子老家的菜园子里忙碌——我们在薅最后一块苞谷地,手机的铃声突然就爆响起来了,使得很少被电话打扰的我们一家人都受到了不同程度的惊吓。我一看来电显示,是三弟媳琼英打来的,就估计不会有好事。此时已经是暑假的尾声了,八月中旬里的一天,夏日的酷暑刚刚过去,时令已然过了立秋,但山谷里的热浪依旧未退。本来,我和女儿从放暑假的第一天起,就来到橙子的老家,每天跟她一起打理几块巴掌大的土地,倒也有了不少的收成,苞谷已经收获了两批,眼下料理的是第三批。大概再过两周,我们就可以处理完全部

---

[1] "进圈",即进监狱。

的庄稼活，然后满心欢喜地返回学校去了。

我刚按住免提键，就听到三弟媳琼英沙哑着嗓子在电话那头一个劲儿地哭喊，话也说不清晰了，像是快要断气似的哀嚎嘶叫："大哥，你快回家来救你老三，他出事了……"

我问她，出什么事了？她作了答复，但我没听清她说什么，就问："是不是老三被抓了？"

"是，是，是……你老三被他们抓走了……"

"什么人抓的？林派所的人？"

"是，是，是，就是林派所的人来抓他的。"

我一听，脑袋就大了。几天前我还抽空回了趟老家，那时候，我看到沓子跟几个游手好闲的村民在桥头白蜡树下打扑克，就估计他可能遇到了什么苦恼烦心事。在我们几弟兄之中，三弟虽然是最懒散愚笨的一个，但我还从来没看到他跟村里那几个无赖在一起鬼混过。老同、老连、胜钟，那都是些什么人？我们村里最没出息的几个超级懒汉，既不外出打工，也不在家里好好从事生产劳动，每天只会在家喝酒骂人，三弟怎么能跟这些人混在一起？但我在家只住了一夜，都来不及细问他到底遇到了什么烦心事，就匆匆离开了。告别母亲和三弟一家后，我又去大妹家住了一晚。那天晚上，妹夫老秀跟三弟沓子通电话时我隐约听到一句"……数量可能有点多……麻烦……麻烦……"，之后的话我就没听清了。老秀没告诉我具体情况，我也没问老秀到底是什么事。不过我已经觉察到沓子和老秀他们应该是在砍伐木材的事情上遇到了一些麻烦事，估计是砍伐数量超标了，超的数目似乎还不小。

但我没想到他们会那么快就来抓沓子。"是在家里抓走的吗？"我问琼英。琼英说："不是在家里抓的，是他们叫沓子进城到林派所去说明情况，沓子走的时候，有预感，所以交代我说，到下午四五点钟如果我电话打不通，就说明我被抓了，回不了家了……我到中午十二点给他打电话，还通，但到下午三点钟再打就不通了……我就跑到林派所去问，开始他们还说搞不清楚，现在才明确答复我，沓子被他们拘留了……"

听到这里我当然非常恼火，没等弟媳琼英把话讲完，我就粗暴地挂断了电话。因为我是一直不支持三弟在老家做木材买卖的，他刚开始涉足这生意的时候，跟我借钱，我没借给他，我说，你不要去做这个，你没看到之前有那么多人进去了吗？他当时只"噢噢噢"答应我，最终还是跟别人借到钱做起了这生意；而且一发不可收拾，做得越来越展劲了。我不知道他和林派所怎么沟通的，反正他的胆子越来越大，好几次我回家，都听妈妈说，沓子跟谁谁谁买得一台木头，白天黑夜的在山上干了好多天，累死累活盘到路边，半夜里却被人偷去了不少……又说，沓子本来跟人分得了一点山里的野味，自己舍不得吃，也舍不得留给我吃，全部拿去孝敬林派所的人了……看到他执意要在这条路上走下去，我也就只好睁只眼闭只眼，不再干涉他。不过我还是时刻担心他出事，因为我很清楚，他不是一个聪明人，尤其在跟人打交道的问题上，他明显缺乏智慧。有一年林派所来我们村抓人，一下子抓走了四个，沓子本来也在他们的抓捕名单之中，却因临时有事不在村里而侥幸逃脱了。母亲又跟那些熟识的林派所干警求情说："求你们看在他大哥的面子上，放他一马，我保证他以后不再做这生意了。"不知道是母亲的话起了作用，还是那些人发了善心，那一次他们就没再来抓沓子。沓子受了惊吓，后来在很长一段时间里他不敢涉足木材买卖，但事情过去大概一两年之后，他看到那几个被抓的人出来了，其他的人又在热火朝天地接着做木材生意，他终于按捺不住了，又重操旧业，继续当起了木材老板。

我之所以对这事情恼火，还因了一点，就是之前他们没有给我透漏过半点消息，事到如今，他们才在电话里哭天喊地地叫我回去救人。我怎么救得了人呢？在这个世界上，我算老几？没错，我是一个在大学里教书的文科教授，而且因为业绩突出，无论是在本地还是在家乡，都算得上是个闻人；但是，你人进去了，而且是因为犯法进去的，我又怎么可能把人捞出来呢？几年前老森老凡老魁老勇他们几个进去后，也是央人来找我去捞人的，那时候我还有个同学在县里担任县长职务，尚且没有办法，如今县长同学早已远走高飞，当下在政府部门担任要职的人我一个都不认识，我又怎么能把人救出来呢？

"是沓子被抓进去了吗？"橙子听到了我的免提电话，过来问我。

"嗯。"我胡乱答应一声，心思早已不在这菜园子里了。

"你不要着急，想想看政府里还有认识的朋友没有？请他们……"橙子继续关切地说。

"收活路回家吧。"我看了一眼妻子橙子和女儿婧云说。

太阳已经完全落到山那边去了，天空还相当明亮，只是没有一丝云彩，认真看，可以看到北斗星以及其他星子已经显现出来了。

"好。"橙子似乎是很无奈地说。她收起了锄头，顺手把杂草都收集起来扔到园子边的土坎上。其实，如果不是弟媳的这通电话，我们再干十来分钟，就可以把这台苞谷地全部薅完了。

2

收工回家后，我把自己关在楼上木屋里仔细翻阅手机上保存的电话号码，看看哪些人是可以信赖可以委托办事的。我素来清高，凡事尽量不求人，平时很少保存人家的电话，尤其是官员的电话，可现在真是"号到用时方恨少"，找了半天我也没发现一个合适的官员的电话。只有一个叫肖智的人，似乎跟我关系还不错，早年他在我家乡青山县担任副县长的时候，曾跟我有过乡村旅游开发项目的合作，他聘请我担任项目的文化咨询专家和学术顾问；但现在他并不在青山县任职了，而是在邻近的清江县当县长。

犹豫了很久，我还是拨通了他的电话。

"肖县长吗？嗯，对，是我……在开会吗……嗯，嗯，好的，好的……是有点事……想找你咨询一下……"

我把弟弟被抓的情况简要地说了一遍，然后问：

"你在这边有熟悉的朋友没有？"

电话那头半天没声音，我以为他没在听，就问：

"你在听吗？"

"……我在听，我在听，敬爱的正安教授……"

"你在这边有熟悉的朋友吗？"

"……熟悉的人倒是有……"他在电话那头沉吟起来，说话吞吞吐吐、欲言又止，跟记忆中他的风格完全两样，"……秦川县长原来跟我一起搭过班子的，大家关系都还不错……但现在这样的事情比较难办……要承担风险的……"

我不明白他说的"承担风险"的具体含义是什么，我能想到的就只是"干预司法"；所以我想跟他解释，我并不是要他们违规操作，只是希望他们在不违法违纪的情况下，最大限度地帮帮我弟弟。

"现在不比从前了。"我的县长朋友说，"……你让我再想想吧，让我再想想看看还有其他路子不……"

我一听他说他跟我们青山的秦川县长原来是一个班子的，心里多少涌起些希望了；但他说话一反常态地犹豫、迟疑，我以为是涉及需要送礼方面的事情，就说："那太好了，只要人没事，我会感谢他的，这个你放心。"

他马上明白我错误理解了他的意思，赶紧说："这不是感谢不感谢的问题，现在不比从前了，现在当领导的，个个都谨慎得很，如履薄冰，有些情况你不清楚……"

"我知道，我知道，"我急忙解释说："从我的角度来说，我实在一点也不想理我弟弟，因为之前我是极力反对他去做这个事的。但是，我主要是担心我老妈，她今年八十岁了，我真的怕她禁受不起这个打击……"

"这样，你先别着急，等我跟秦县沟通一下再说，好吗？"

"好的……好的……"不管怎样，我觉得我这点面子他们可能还是会给的，毕竟我对家乡的贡献也不算小，而我之前从未求助过他们。我想我弟弟在老家砍伐点木材超点方，按说也应该不算什么大事。

3

我打完电话，还给几个在县政府机关里算是有点头脸的人物，包括我那位在教育局并无一官半职的老庚[1]路宏伟发去了一则内容相同的短信：就弟弟的事求教他们是否有好办法。发完短信我才下楼吃晚饭。此时橙子早已经把晚饭做好了。她父亲和她五弟都已经围坐在饭桌边，静静地等候我的到来。

婄云要减肥，每天晚上都不吃饭，所以厨房里没看到她的身影。

---

1 老庚：方言，同龄人之间的亲热称呼。

"怎么样？找到人了吗？"橙子问。

我没有直接答复她，而是示意她五弟和她父亲赶紧吃饭。五弟是个结巴，人也不灵活，算是半个傻子吧，生活虽然还基本可以自理，但实在过得很不像样子。从前他有妻子料理，去年他妻子病故之后，他就只能依靠他姐姐橙子了。

不过他对喝酒很在行。他已经把酒斟好了，用小碗盛着，摆放在三个男人各自几乎固定的座位面前。

橙子的父亲八十五岁了，患有严重的老年痴呆症，除了橙子，他不再记得任何一个人，生活当然更不能自理了。正因为这样，橙子才请了半年的假，专门回家来伺候父亲和弟弟。她一边照顾着两个病人，一边种植庄稼，在故乡重新过起了早年熟悉的农耕生活。

"你来啦？"橙子的父亲每次见到我，都会这样问我。继而他会说道："我妻子打了我一棒，把我脑壳打得凹下去拇指深，害我后半辈子靠吃药过日子……"当然这话他不只是对我一个人说，对任何人他都这么说。也正因为他对谁都只会重复这几句话，大伙就常常笑话他，说他这是记忆的磁带卡带了。

橙子呵斥他，叫他赶紧吃饭，同时用汤勺给他舀了一大勺菜——考虑到她父亲和五弟吃饭的时候都总是流汤滴水的，橙子就用大碗给他们盛饭，然后又给他们一次性舀满各种汤菜，以此来减少他们的筷子伸进菜碗里的次数。

我现在虽然是个高级知识分子，但我从小是在最边远的农村长大的，来自社会的最底层，很能吃苦，也很耐脏，一般情况下，我不会嫌弃别人的脏,更何况这不是别人;但看到橙子的父亲、弟弟的口水、鼻涕都掉在碗里的时候,我不免面露难色,嘴上不说,心里还是蛮厌恶的,所以橙子的做法深得我心。

我举杯示意大家喝酒。

橙子的弟弟总是很及时地举起酒碗,跟我保持同样的节奏和频率。"喝喝喝,喝酒,姐姐姐姐……姐夫……"他从来没能把一句话说清楚。我倒是没明着笑话过他,但有时候还是忍不住在心里笑。

她父亲则按照自己的节奏吃喝,不紧不慢,不温不火。

4

正吃着饭,琼英的电话又打过来了。她在电话里依旧声嘶力竭,哭得稀里哗啦,说妈妈听到了老三进去的消息,一个人在家哭晕过去了……我一听就很生气,大声说,这信息你怎么就让妈妈知道了?她说,沓子不按时回家,妈妈就来电话问我,我也晓得瞒不过她,就实话实说了……

我向来以为自己还算是个能沉得住气、有耐性的人,但此时也有点按捺不住了。我走出厨房来,几乎是咆哮地对电话那头吼道:

"我平时就反复跟你们讲,没事不要去惹事,遇事就不要怕事。你们不听我的,没事就去找事,出了事又不敢担当——老三进去就进去了,有什么大不了的嘛!总这么大惊小怪的!况且他是我亲弟弟,我怎么可能不帮他!但帮他也需要时间找人想办法嘛!有你这样催命的吗?你以为我是青山县县长的爹吗?……"

听到我语气如此严厉,琼英的哭喊顿时减弱了许多,我开始能听清她说话了。她说,兴旺现在也在哭喊着要见爸爸,我咋个安慰他?

我说,你就实话告诉他,你爸爸犯了法,被公安抓走了,十天半月不可能出得来……

琼英又问我几时可以过青山县去。

我说,我在这里先打电话联系一些朋友看看,看他们有什么办法和主意没有……又说,你不要那么着急,也不要到处去喊冤,因为你这样做没有任何用处,还让寨子上的一些人笑话……

回到饭桌上,橙子的弟弟已经吃好饭走人了——他今生仅有两个爱好,一个是抽烟,一个是买码,我估计他又是买码去了。

岳父大人也抹着嘴巴准备起身离开餐桌了——他倒没什么事,每天吃完饭就去睡觉。

橙子叫住他,要他留下来洗脸洗脚。老人摆摆手表示不想洗了,要去睡了。他对我说:"我头痛多[1],我去睡去了。"又说,"我妻子打了我一棒,把我脑壳打得凹下去拇指深……"

橙子呵斥他,说,你快洗脸洗脚,水已经给你倒好了。

老人看了一眼洗脸盆,再次摇头表示不想洗,要走。橙子只好

---

[1] 多:在黔东南方言中,副词"多"的语法格式为"形容词+多",多用以表示事物的性质程度高,相当于普通话中的"很"。

强行把他按住,帮他洗脸洗脚。

"你妈妈怎么样?"橙子问我。

"……不知道……"我说。

岳父大人摸着头,大概又想对我说那句他重复了几十万遍的话,但看到我表情严峻,他没有说出来。

我对橙子说:

"她平时太溺爱这满崽了!明知道这是犯法的事做不得,也明知道之前有好多人为这事情进去过,他们就是不长记性,不听劝,还以为她满崽有能耐了,可以靠这个发财了!"

"你找到人帮忙了没有?"橙子又问我。

我说:

"通过朋友找到了县长,但人不熟悉,还没回音……"

又说:

"人进去了,找谁都没用!"

说完我把自己碗里的酒喝干,也转身离去了。

5

我上楼看手机微信。

大多数收到我信息的朋友都有回复,但没有一个人的回复是有价值的。大家都说,初步了解的情况是:你弟弟的确是被县林派所收监了，主管这案子的是林派所的所长徐光琅，此人性情古怪，难于接近，不好说话……

也有人说，你弟弟的事情可能比较麻烦，因为据说他砍伐木材超方数量比较大，超过了一百多方，依照目前的政策，超过十方即可立案，二十方算大案，八十方以上算重大案子，被判刑是不可避免的……

又有人说，这是纪委那边接到群众举报后督办的案子……

正看着，琼英又给我来电话了，说她刚去找我们村在县交警部门工作的老布了解了一些情况。老布说，这案子是由县纪委督办的，举报人是谁不清楚，但这个人显然不仅仅是冲着沓子来的——举报信写得非常专业且有文采，举报的事项也不局限于沓子的乱砍滥伐，村里很多人的违法乱纪行为都被他举报了，老布分析，我们村目前应该还没有这样的"专门人才"……

琼英说，今年春节期间，大鬼和烂药来我们家跟沓子狠狠吵了一架，他们最后走的时候留下了狠话："沓子，你有初一，我就有十五，到时候你就别怪我不客气！"我说，他们为什么跟沓子吵架？琼英说："是这样的，大哥。你还记得去年端午节沓子请三哥老灵来我们家吃饭的事情不？他当时有一台木材要卖，因为数量不大，价格高，没人来买，他就借吃饭的机会要沓子帮他砍去卖掉。沓子开始不答应，后来他反复求沓子，沓子也觉得他可怜，想着他毕竟是自己亲亲的堂哥，几家几屋的，年纪那么大了，身体又差，一个人在家，经常饭都吃不上，就答应了，就跟他签了买卖合同，木材也砍来卖了,钱也当面数给他了。但是因为这台木头数量不多,沓子就没去办砍伐证。谁知后来老灵的两个崽找来了,说这台木头他们也有股,就跟沓子要两万块钱。沓子说,你那台木头,总共只有二十来根,全部价值都不到两万块,况且我都已经给你们爸爸一万八千块了,你们怎么还来跟我要钱?讲不讲道理?!大鬼和烂药说,我们怎么不讲道理,我们就是来跟你讲道理的,你给我爹多少钱我们不管,我们只来要我们应该得到的那一份!沓子说,这台木头是我和你们爸爸做的交易,跟你们没关系,你们要钱,就去跟你们爸爸分!于是那两个冲包就摔门出去,留下那句你有初一我有十五的狠话……"

"……哦,我晓得了……"我说。

听了琼英的叙说,我本来是想大声吼她几句的,毕竟这事情他们做得太差劲了;但我又觉得事情既然已经到了这地步,吼她也没用,就忍住了。

但她还想继续叨念三哥老灵的不是,我就说:

"三哥老灵是什么人你们之前就应该清楚嘛!他做的那些好事难道你们都没听说过?他年轻时差点杀了他爸爸,现在他那两个刨皮[1]崽又成天嚷嚷着要杀了他。对这些事情,你们总不至于一无所知吧?大鬼和烂药,他们还算是人吗?完全是两个人渣!按照辈分,我总还算是他们的叔叔吧,可我从来没听他们喊过我一声……这样的两个胞衣,也只有你和沓子看得起,还跟他们做生意,你们咋个

---

[1] 刨皮:方言,多形容言行轻浮、不踏实的男青年。

就那么看得起那点钱呢?以前我就跟沓子讲过了,你没本事,就莫去找那种钱,你好好在家待着,只要不出事,我来养活你们……"

"我们当时也权衡过了,大哥。我们想,就算他们去举报,我们这台木头的数量也不过三十多方,大不了罚点钱。但我们咽不下那口气,一台木头都卖掉半年多了,他们才来讲他们也有股,还逼沓子马上数钱给他们,世上哪有这样的道理嘛!"

"三十多方你们还嫌数量不大吗?你们做木材买卖那么多年,超过二十方以上就算大案,你们不知道吗?!他们两兄弟来威胁你们,你们当时就该把钱数给他们,哪怕亏了也要数给他们!"

"那这个我们肯定做不到嘛,大哥……所以当时我就跟沓子讲,要坐牢我们去坐,但这个理我们不能输给他们两弟兄。"

"既然你们都已经安心要去坐牢了,那还来找我干什么!"

"你分析一下,大哥。光这台木头他们是告不翻我们的,问题是现在他们还扯出来另外一台木头,那台木头我们是办了证的,但的确超得比较多。林派所来查验的时候,好像是说超了八十多方……这又是谁去举报的呢?"

"……"

我突然变得异常愤怒,当即挂掉电话,不想再跟琼英理论下去了。我觉得继续听她这样分析我会疯掉。

事情其实已经非常清楚,明摆着是大鬼和烂药两兄弟要无赖要不成,便举报了我弟弟,琼英却还在怀疑这个,怀疑那个,难怪弟弟以前常骂她没头脑,智商和情商几乎为零。

我倒不认为她的智商和情商为零，恰恰相反，我认为她的问题是智商过高，凡事都过于精明，从来不肯吃亏，所以聪明反被聪明误，做事很少有不砸锅的。

其实我心里清楚，弟弟这次进去，看似是弟弟糊涂，其实起码有一半的过错应该记在琼英身上。我深信，没有她在背后鼓捣和怂恿，弟弟是不会那么贪婪和鲁莽的。

但我也得承认，她有很多优点，作为一个来自四川的汉族女子，她有着四川人能言善辩和吃苦耐劳的特点，嘴巴快，心肠直，做事情手脚麻利。所以，我觉得弟弟能娶琼英做媳妇，也算是他的福分和造化；毕竟弟弟那时一无所有，而琼英人长得不错，对弟弟又是一心一意。

6

橙子收拾好厨房，安顿好老父亲，又跟女儿一起给住在上面寨子的母亲送饭，都忙完了，回到家来，才问我事情有何进展。

我说其他人都靠不上，现在只有等肖县长的回话了，先听听他的意见再说吧。

橙子说，你别着急，琼英现在也很需要安慰，你对她说话不要那么大声。

我说我知道……

"你妈妈怎么样？她肯定着急死了，你要不要给她打个电话安慰一下？"橙子问。

我想了想，说，算了吧，反正现在说什么也没有用，说多了反而惹她伤心难过……琼英也已经跟她说，我这边在努力了。

我又说，其实她和沓子之前是商量过的，她知道沓子去了县城就有可能回不了家。

"那你也早点休息吧。"橙子说，"我帮不上你什么，只能替你在上帝面前多祷告了。"

橙子信奉上帝，凡事祷告。我对此恨之入骨，但也不想再去反对她。去年她为生病的弟媳禁食祷告二十多天，人瘦得皮包骨，我当时就劝她，别那么愚蠢了，都二十一世纪的人了，怎么还像中世纪的人一样迷信？她就对我说，这是她跟神的最后一次赌，如果神最终不听她的祷告，她以后也不再信这个神了……结果，神并没有听她的祷告，她弟媳死了，但她也还是没有因此而改变自己的信仰。她对弟媳死亡的解释是，神不想挽留弟媳的生命自有神的美意在其中。

我问她，你妈妈怎么样？她说老样子。我说老样子我就放心了，我担心她生病。

我岳母也是八十多岁的老人了，表面上很温和，但其实性格非常倔强，常常因为不注意保暖而生病，却从不肯打针吃药，也不会让别人知道，每一次都是自己硬扛过去的。

橙子的父亲是国家干部，当过区委书记、公安局局长，退休前是司法局的局长；母亲则是地道的农民。他们共生育有四男一女，老大在很年轻的时候就去世了，橙子是老二，老三继承父亲衣钵，目前也在县司法局工作，老四是小学老师，老五就是那个傻子。

他们几弟兄的家庭结构几乎完全重复父母亲的模式，即一方是国家干部，一方是本地农民。当然傻子老五除外，老五自己是农民，老婆也是农民。

老三是国家干部，爱人是卖烟酒的个体户。老四是老师，老婆是农民。

我岳父差不多在二十多年前就退休了，那时候他的年龄其实还不满六十岁。按说，他退休后，应该跟妻子儿女团圆，安度晚年；但他性格刚强，行事霸道，跟妻子儿女都不大处得来，就自己单独住一处了。

他住在祖传的老屋里，先前脑子还清醒的时候，自食其力，倒也还好；后来脑子糊涂了，就只能跟老五住了。

也幸亏有老五婆娘水珠的耐心照料和伺候，他的晚年也还算活得体面，即便偶尔大小便失禁也会得到迅速的处理。

岳母大人之前一直是跟满崽老五一起住的，后来岳父大人脑子糊涂了，成天叨念的一句话就是老婆子打他，她听不下去，就搬家到上寨跟老四住了。那时候，老四还在镇上的小学教书，还没有调到县城去。

老四住的房子也是一栋祖传的老旧木楼，因为缺乏维修，都快不能遮挡风雨了。我和橙子多次要求岳母下来跟我们一起住，但她死活不同意，她说她受不了那老者，还不如自己单独住清净些。

我和橙子在老五家旁边修了一栋小小的新木楼。楼下做厨房，楼上住人，住起来也还惬意。那地方本来是一个大鱼塘，产权属于老四，我们跟他商量后，把鱼塘填了，建起了房子，门口还可以停三部小车。我们几乎每个寒暑假都会回来住。

7

山里的天气像经了魔术师的手，说变就变，变化无常，晚饭后不久，本来月明星稀的天空突然下起了瓢泼大雨。

立秋过后下大雨，应该属于异常天气。不过在当下，异常的东西实在太多了，就像菜场里到处能看到反季节蔬菜一样。生活中反常的现象也非常普遍，因此所有的异常如今都变得很正常了。

我们宰马镇有个奇怪的现象，就是只要一下雨就停电。果然，雨下起来不到十分钟电就停了。

没电很麻烦，没电就没有Wi-Fi，手机也没法充电，什么事情也做不了。婄云一个人住在老屋的楼上，很难让人放心。我叫橙子过去陪她睡，我自己单独在新屋睡。橙子同意。

但我哪里能睡得着，弟弟进去了，我束手无策，弟媳不停地给我发来各种不利信息，我更加心烦意乱。

我躺在床上，听着窗外落在田地里和瓦屋上的绵密雨声，想起三弟过往的很多事，心中百味杂陈。

我对三弟最早的印象，是他还在婴儿时。在他之前，母亲已经生下了我、二弟、大妹和二妹，他是爸爸妈妈的第五个孩子，我那时十岁了，有一天放学回到家来，发现家里来了很多的女性客人，妈妈正包着头帕在她卧室里喝鸡汤吃鸡肉，她的床上多了一个奇怪的小家伙，没有上学的两个妹妹在帮妈妈洗这样那样，我和二弟（二弟只比我小一岁）俯身下去好奇地打量眼前这个家庭的新成员，问母亲这孩子是从哪里捡来的（之前我们家每每增添新成员，妈妈都说是路边捡来的）。妈妈说，下午河里涨大水，她到河边捡得的。我说下午没下雨啊，怎么可能涨大水呢。旁边的几位叔妈伯娘都笑起来了，用侗语跟我妈妈说，孩子长大了，不好哄了。我妈妈也笑了。她从铁锅里夹起了两小块鸡肉，递给我和二弟，算是贿赂我们兄弟俩，堵上了我们的嘴巴。

跟从来都调皮好动的我们几兄妹不同，三弟小时候总是表现得异常安静，以至于我父亲都怀疑他可能是一个傻子。

后来父亲干脆给他取了一个绰号"三瓦"。"瓦"是侗语，"傻子"的意思。

那时候父母亲每天要跟生产队的社员们一起早出晚归到山上劳动抢工分，就只得把三弟丢在家中交给我们几兄妹照看。

父母出工之前，常常把三弟放置在堂屋中央的一块大蓑衣上，嘱咐我，三弟如果醒来，哭，就给他喂水喂稀饭换尿布等。

我总是过分贪玩，常常跟同龄的孩子在屋外玩疯了，把照看三弟的事情忘得一干二净。

但是，很奇怪，我每次回家看三弟时，他都在睡——既没醒来，自然也就不哭不闹。有时三弟睡一整天，直睡到父母天黑回家，母亲奶胀难受赶紧来喂他，他这才醒来——大口吃奶，像一个很久没有吃饭的饿痨鬼。

母亲就很心疼，说把他给饿坏了，又骂我没照看好弟弟，说弟弟可能中间醒来哭了很多次……

作为一种补偿，妈妈给了三弟一种特殊的待遇——让他吃了五年的奶——想想看，一个孩子，长到五岁了，还吃母亲的奶，这是何等的得宠、何等的优待！

我大学毕业的时候，二弟已经结了婚到云南当兵去了，三弟还在家乡县城读高中。我参加工作没两年三弟就辍学了。母亲说他常被县城的同学欺负，他就害怕去上学，开始旷课了，后来干脆背背包回家了，不久即加入村人到沿海打工的队伍，在沿海辗转流浪了十多年。

这十多年里他做过十多种工，包括下海捕鱼，当门卫，做保安，在工厂里做搬运工、清洁工之类，可最后回家居然没带回一分钱！

但他带回了一个姑娘。

他回到家的时候，我们的父亲已经过世好几年了，他的两个姐姐也出嫁了，二哥也分家单独过了。家里就剩下他和小妹没有成家。

母亲亲自张罗，给他安了家……

他和那个叫琼英的姑娘很快就有了自己的孩子，女儿娇娇和儿子兴旺。

孩子还小的时候,他依靠经营传统的农业维持基本的生活,肚子倒不再饿着了,但手头的确太缺少现金。农产品卖不出钱来,何况我们老家距离城市又是那么的遥远。

他那两个孩子的衣服差不多都是我在寒暑假里带回去的。

后来孩子长大了,要上学了,可村里的学校都被撤并了,他们只得到县城里租房子陪孩子读书……

生活的压力越来越大,三弟不得不跟村人一样绞尽脑汁找钱养家糊口。

他先是跟我借钱在公路边买下一块地,修了两栋简易的砖房子,然后又在家里开了一爿小小的烟酒店。他把烟酒店托付给老妈照看,又跟我借钱买了一辆小货车跑运输。

但没搞几年车子就被他卖掉了,他说跑这运输不仅累死人,而且还严重亏损,有时候好不容易赚到点钱,也根本不够填补修车费和各种罚款的坑……

最后,他便铤而走险去经营木材了。

8

那一夜,我几乎没能合上眼睛,只在天快亮时迷糊了一下。

趁着手机还有最后两格电,一醒来我就立即给各路朋友打电话，向他们求助。

那位秦县长也给我朋友作了明确的答复：案情重大，青山县这边又人事复杂，但他会密切关注事情的发展……

这结果似乎也在我的预料之中，所以也并不感到特别失望。我也因此明白想通过关系帮助弟弟的思路，实际上是很难行得通的。

琼英的电话又打过来了。她先问我这边问到的情况如何。我说秦县长这边靠不住，琼英就说："我早就跟你讲了，这个事情要听老布的。我昨晚去找他商量了一下，还托他带几件衣服和一点钱给沓子，他走的时候只穿了一条短裤……老布给他们打了招呼，沓子在里面估计不会太吃亏……老布说，案子现在还在林派所这里，他的意思是要你马上过来找人帮忙，否则案子移交到检察院和法院，事情就难办了……老布还出了个主意，就是要你给原来在我们县当县长的那个同学打个电话，他虽然高升到省里去了，但肯定还有很多关系留在这里，这个时候就不要太斯文太客气了，该求人还是得求人……"

听了琼英的话，我心里头很不是滋味。事实上，我特别反感她和老布给我出的这些主意和建议。

客观而论，老布是一个人品很不错的晚辈，他为人豪爽慷慨，向来也比较敬重我，但由于长期在基层单位工作，养成了一些不太好的习惯，比如抽烟喝酒打牌讲烂话之类。总之是，人的文化素质不高，所以我平时是很少跟他往来的。

但现在弟弟出了事，弟媳不得已去求助他，他肯出面热情张罗、牵线搭桥，就很不错了。

一方面，我内心的确很感谢他的关照；但另一方面，我又很讨厌他那种不惜动用一切力量的思路——他的这些个主意，等于是逼我去做我平生最不喜欢做也最不擅长做的事情。我那业已高升到省水利厅任职的大学同学，平时固然对我还算比较敬重和客气，但我实在不想为这个事情去求助他和麻烦他。毕竟，这不是一件值得到处张扬的事情；更何况，他现在的工作性质全变了，虽是高官，恐怕也鞭长莫及了。

但我思来想去，最后还是决定给我那在省水利厅任职的大学同学发去了一条短信，告诉他我弟弟的相关情况，问他有什么办法可以帮我弟弟。

还好，他很快回了短信，说他先了解一下情况。

又过了不多久，他回短信说："正安兄，你弟弟的事情我了解了一下，他超伐的数目较大，据说超过一百多方，可能最终还得交法院处理……我会持续关注这事……再联系。"

一看这信息，我就气不打一处来，感觉自己再次被老布和琼英这两人给绑架和摆布了，失去了本应该有的判断能力和处事能力——这样的事情，你找那些离得天远地远的人有屁用？人家说关注，就是为给你个面子；况且琼英不说实话，她一直说只超伐八十方！

后来琼英再打来电话，我就懒得接了。一来我实在不想再不自觉地听从她的摆布，二来我手机确实快没电了。那时宰马镇上的雨也还在下，河里已经涨水了，但电还没送来，我焦急得像热锅上的蚂蚁。

挨到中午，电还是没来，我的手机彻底没电了。我就有些按捺不住，跟橙子说，我想回老家去看看，弟弟出了这样的事，我不能坐视不管。

橙子问，你去有用吗？

我说，没有用也要去看看啊，总不能在这里坐以待毙吧。

橙子说，那好吧，那你去吧，路上开车小心点。

9

从橙子的老家宰马镇到我老家盘村，中间相隔两个县，公路里程将近三百公里。

从前由我家乘坐公交车去橙子家，需要花整整两天时间；现在通了高速，又是自驾，就方便多了，三个多小时即可抵达。

但那天我不知道出于什么样的考虑，居然不走高速而走老路，结果，走到半路遭遇塌方，没能过去，只好掉头回来，在橙子家这边再住了一夜，第二天清早才走高速回到老家青山县城。

这时候，距离沓子被抓，已经过去整整三天了，我估计沓子在里面会焦急得不得了，老母亲在家也一样的焦躁不安。

在去青山县城途中，我把车子停泊在一处高速公路服务区内，我在里面加油，上洗手间，又给手机充上电，结果发现手机里的未接电话和短信都爆满了。

短信的内容跟之前那些大同小异，都是既表示关切又表示无能为力的，当然还有出各种主意和点子的。

而老布居然给我打来了八个电话，我明知他给我打电话无非是催我快点到青山县去找人，但我心里很不想理睬他，犹豫半天，最后还是给他回了电话。

电话打通，老布果然没有什么要紧的话要跟我说，只说要我赶紧回去。"再咋个，沓子也是你亲弟弟，你不能坐视不管！"

尽管他是晚辈，平时对我讲话很客气，但他此时的语气，却俨然一个父亲在教训儿子。

我就知道，这是琼英去他面前哭诉的结果。也许这两天我对琼英批评的话说得多了点，说话的音量也大了些，加上自昨天下午之后，我的手机因为没电关机了，她大概误以为我不太想管弟弟的事了……

我不想听老布的教导，只说了一句："我已经在路上了，中午到青山，到了给你电话。"说完就直接挂断了电话。

但我刚发动车子要走，老布的电话又打过来了。我问他还有什么事。

他说，你给陈昌华打个电话，叫他马上到青山县来。

我说，电话我可以打，但人家会来吗？

老布说，凭你们之前的关系，他应该会下来；但即便不来，你也应该及时把你弟弟的事情告诉他，因为青山县检察院现在的检察长薛涛是他原来的部下。

我觉得事情不会像他讲的那么轻松简单，但又觉得他毕竟长期在地方执法系统工作，应该有些经验。又想到他提到的陈昌华跟我关系的确不错，是我初中老同学，我就把电话打过去了。

陈昌华原来在青山县法院任职，担任院长，从前我那大学同学在青山县当县长的时候，他经常请我吃饭。后来他调往地区法院担任副院长，我们之间的联系就不如之前那么频繁和密切了，但也还是偶有短信和电话问候，关系一直没有变淡。

我打通了他的电话。听了我的"汇报"，他直接说：

"你这个事情不好搞啊，安！我实话告诉你，一百多方是肯定要判刑的。去年，我亲亲的一个堂弟也是因为砍木材被抓进去的，我也帮不了他……你莫相信老布他们讲的那些话，事情哪有这么简单。"

我对他说，如果不考虑到我老妈的身体，我还巴不得国家重判我弟弟，让他长点记性；但老妈八十岁了，弟弟在里面，谁来照顾她老人家。

他就用侗语告诉我，说我们家乡这些兄弟姊妹真笨死了，净是给我们出这些难题。

我也用侗语回答他，不是难题也不会来找你，你再咋个也帮我这个忙，你看今晚能到青山来一趟不？

他说他最近事情多得要命，不可能到青山来。

我说你不来，我就去找你。

他说，你要来我就请你吃晚饭，但你来和不来其实都是一样的，没有用的。

我说，好，我晚上去找你。

他说，你确定来的话，就要说死，我好订餐，同时还要通知另外几个同学来陪你。

我说，中午我再给你准信。

我驱车上路后不久，就收到陈昌华发来的一条短信说，青山县检察院的薛涛检察长曾接待过你，你弟弟的事我已经跟他大致说了一下，这是他的电话号码，你跟他联系一下。

我赶紧开车到下一个服务区，停好车后给薛检察长打去了电话。薛检说，陈院长刚才已经打过电话了，你弟弟的事情等你过来再细谈吧，电话里说不清楚。

我说，中午请你出来吃个饭，可以不？

他说，你来了，当然就是我请你，怎么能叫你请呢？你是远方来的客人。

我说，我都已经安排好了，我到青山后再给你电话。

打完这两个电话，我心里多少又宽松了一点。我想，如果这些朋友都不能帮忙，那我也实在是无能为力了，对弟弟我也算是尽力了。

车到青山县高速出口时，我没有第一时间打电话给老布，也没打电话给琼英，而是打电话给我老庚路宏伟。宏伟在县教育局工作，虽然因为年龄偏大早已经退居二线，不再担任具体职务，但他对整个青山县的情况非常熟悉，他也有蛮多学生在县委机关各个部门工作，我觉得很有必要找他咨询一下情况，所以我叫他马上帮我落实一个吃饭地点，然后发具体位置图给我。

他很快帮我落实了吃饭的地点，也发来了位置图。

我就把吃饭地点发信息给了薛检，同时也给了老布和琼英。

10

路宏伟把饭局安排在新体育馆对面的"牛魔王火锅城"内。这里属于青山县的开发区和新城区，街道宽阔，楼房簇新，环境十分优雅。这地方在十多年前还是一片农田，如今高楼大厦、车水马龙，跟大城市已没什么两样了。

我虽然是青山县人，中学时代也曾在青山县城念过两年高中；但我对青山县城其实并不熟悉，尤其是新城区，更是陌生得像进入迷宫一样。不过，车上有导航，所以我还是能很快找到吃饭地点的。

我把车子停在酒店楼下，跟着服务员走进包厢，就看到路宏伟和两个陌生的年轻人已经在那里了。

他把那两个年轻人介绍给我，说是他们教育局的小王和小钟，爱好写作，对我仰慕已久，今天特地带他们来拜见我。

一看到有陌生人在场，我马上意识到今天是特地请薛检吃饭的，可能不适合那么大张旗鼓，但我忘记了给路宏伟做交代，现在人都已经来了，我只好佯装笑脸，寒暄应付。

落座后，路宏伟问我还想请哪些人来作陪。我摇头说不要再请别的人了。

他说他点了几个小菜，主菜是酸汤牛肉。

又问，五斤牛肉够不够？

我说，够了，今天是我埋单，你莫喧宾夺主。

他说，那怎么行？你来了当然是我埋单。

我说，以后再给你机会吧，今天我说了算。

琼英也赶到了，跟我和大伙简单招呼一两句之后，便问我上次我送她的酒还放在出租屋里，现在要不要去带过来。

我倒忘了这事，想了想，说，去拿来吧。

她就风风火火地走了。

吃饭地点离她的出租房倒也不远，转个弯就到了。

她很快就把酒带来了。两瓶茅台酒。

这酒本来是上半年别人求我办事送给我的。琼英说她今年年底打算回老家看望娘家人，说很希望能找两瓶好酒去孝敬她爸爸。我知道她是在惦记我这两瓶酒，就把酒给了她。

薛检察长跟着也到了。他走进包厢的时候，打量了一下大伙，因为对坐席上的人多不认识，所以脸上的表情很不自然。虽然他说他之前接待过我，但相隔了好几年，我对他的印象已经模糊了，他大概也不太记得我的相貌了，所以他走进来时我们都愣了一下。

不过我估计是他,就主动上去跟他握手,说,是薛检吧?他说,是的,你是正安教授吧?对不起,好多年不见,我都认不出你来了……

老布最后一个赶到。老布和大伙都是熟悉的,所以他一进屋,气氛顿时活跃起来。

"中午我们就总量控制,搞完这两瓶吧?"我把茅台酒从袋子里取出来,假装要打开包装,几个人都嚷嚷着说搞不得,现在不比以前,晚上可以喝点,中午滴酒不能沾。

又有人说,留到晚上再搞吧。

我也就顺水推舟,说,那就留到晚上?

大伙说,留到晚上。

我叫琼英去服务台拿了几瓶苹果醋来分发给在座的每个人。大家拿到饮料后我就举杯说:

"今天这桌便饭是特意为我们薛检而设的,我们是十多年的老朋友了,但最近几年联系得少了些,他高升了我都不知道,我今天特意从宰马赶来祝贺他,在座的都是我的至亲好友,你们就一起陪我祝贺薛检吧。"

大伙就一齐喊:

"祝贺薛检!"

薛检赔着笑脸说,本来是我请正安老师的,现在你把事情搞颠倒过来了,不好意思,不好意思。

我说,哪个请都一样,今天我安排,下次你再做东,也要得。

薛检就说，不要说下次了，今晚我来安排，如何？

老布说，今晚我安排，我已经订好地方了，就在对面的"大铁锅"，六点钟准时开餐啊，在座的全部都要到场，我还另外请两个领导来陪你们。

我本来的打算，是酒过三巡之后，我可以和大伙一起商讨一下三弟的事，看看下一步该如何帮我弟弟。但是，整个吃饭过程中，大伙都在东拉西扯，根本没人提及我弟弟的话题。我几次示意老布，要他触及正式话题，但他立即就把话题转移开了，扯得更远。而薛检脸上的表情始终很不自然。

到大家都停止进食的时候，我才用侗语问老布：

"荣务喂呗布[1]？"

意思是，你看事情怎么处理，老布？

老布说："晚上我安排，就这样定了。"

大伙也说，那就下午见吧。于是纷纷站起来告辞，说下午还要去上班。

我把钱包交给琼英，叫她去前台埋单，然后打算送薛检下楼，但老布对我说：

"公安，你去送路宏伟他们，我送一下薛检。"

老布是我的晚辈，我是他爷爷辈的，所以按照家乡称谓，他叫我"公"，公就是爷。

我说，好。

---

[1] 本书所涉侗语，均用汉语同音字代替。

我和路宏伟下楼走到大街上,他就用侗语低声对我说:

"高雷,牙伟绞艮啦……"

意思是,傻蛋,你做错事了。

路宏伟说,你没跟我讲你要请薛检吃饭,你如果跟我说了我就不来了,更不会带别的人来了。你要找人家办事,就算人家给你面子,也只能私底下悄悄说话,哪有大张旗鼓公开来讨论的?

我说,是是是,这几天没休息好,脑子很糊涂,想事情就不周到了。

11

送走路宏伟,我走到马路对面的东方国际酒店,在大厅里坐下来。

琼英马上跟进来,把钱包还给我,说:

"你真笨啊,大哥!你请薛检吃饭,喊那么多人来陪,做哪样嘛!"

我嗯嗯应承两声,表示接受她的批评。但我没直接回答她的话,我只问她吃饭花去了多少钱。她说:

"八百多。"

"那么贵?"

我没想到这个小县城的消费居然也那么高,还没喝酒,要喝酒

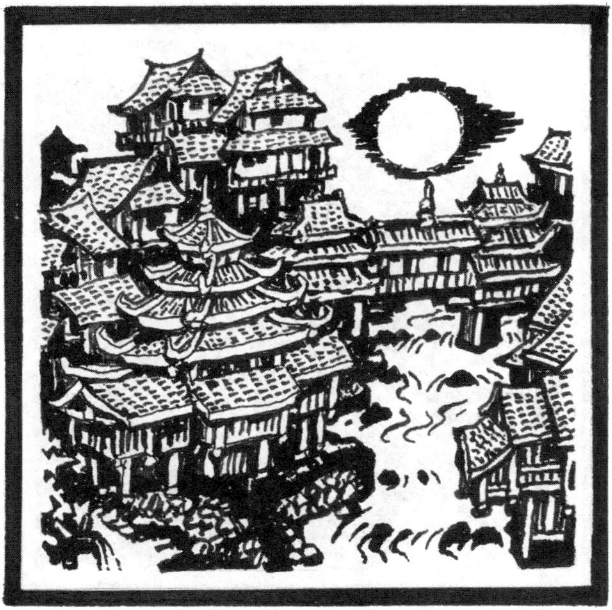

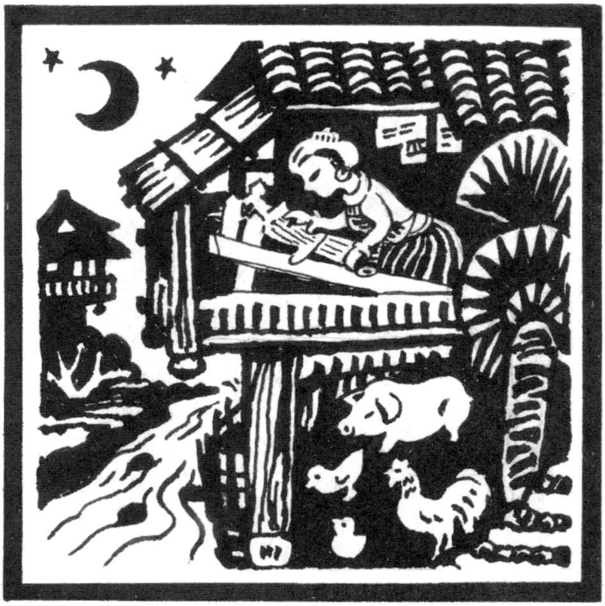

更不得了。

"那家酒店本来就贵,那里条件最好。"

我说,早知道是这样,应该先问你。

琼英正要跟我再说点什么,我的电话就响了,是老布打来的,他问我在哪里。我说在东方国际酒店的大厅。他说他马上过来。

"你喊来的这些人,莫名其妙的……"琼英还在抱怨。

我不想再跟她多做解释了。说实话,我说考虑不周,是顺着他们的意思说的,其实我根本就没考虑这方面的事情。

老布走进大厅,琼英赶紧迎上去,示意他坐在我对面的沙发上。

"你住在这里?"老布问我。

他没穿正装,头顶全秃了,看上去比我大十多岁,其实他比我小五六岁。我和他根本就是两个时代的人,我大学毕业在省城参加工作的时候,他还在武警学校读书。有一年放寒假,他没钱回家,来我单位找我借钱,生怕我不借,还当场写了借条,并反复强调回到家里马上找钱还我,那种急切焦躁的表情我永生难忘。

"还没定,"我说,"如果晚上还要吃饭,我就住这里,如果不吃,我就直接回盘村去了。"

"饭肯定还要吃。"老布说。

老布也抱怨我不该叫那么多人来吃饭,说薛检走的时候,一直在问这些人的情况……

我说都怪我没考虑周全,不过晚上还可以再跟他解释。

老布说，沓子的事情我跟薛检大致说了一下，我的意思是，等林派所这边把材料转到检察院的时候，他可以以证据不足的理由发回重审。我们再到林派所这边找人……

听他这么一说，我觉得这似乎也是个办法；但心里同时也在想，事情应该不会那么简单，就问：

"他怎么说？"

"他说难办。"

"难办是什么意思？"

"难办就是……这个案子是由纪委那边转过来的，纪委那边肯定是要盯着的，纪委盯着，公安这边就肯定会在证据上搞死，不会给你任何漏洞钻，这样一来，检察院就挡不住了……"

听完他的话我就想，这算什么主意嘛，就算没有纪委的督查，公安这边也不会稀里糊涂立案嘛，没有足够的证据，人家会抓人吗？

"那下一步怎么搞？"我直接问老布。

他抽着烟，思索了一会儿，说：

"林派所的徐光琅和我关系还可以，等下我再跟他讲一下，再核核数字。如果在八十方以内，就好办点；超过一百方，事情就难办了。"

"徐光琅是所长？"

"嗯。"

"不是说他脾气怪，不好讲话吗？"

"也不算怪。"

"……那些数字可以重核吗?"我不解地问。

老布慢条斯理地说:

"现在来喊他核,是有点难了。如果在当初他们去山上复核的时候找他,或许是可以的。"

琼英说:

"以前来复核的人,都是认识的;但这次来的,全是陌生面孔,一个都不认识,根本就不听我们解释……"

"找人,继续找人做他工作。"老布吸完了一支烟,又接上另外一支。

"那现在的关键问题还是在林派所这边,对不对?"我问。

"我建议你给徐开林打个电话。"老布像是突然想起来似的,坐直了身子说。

"徐开林?"

"对,就是原来的山河县委书记,他现在是地区人大副主任了,你和他的关系不是很铁嘛!"

"徐开林跟徐光琅熟悉?"

"他们是爷崽关系,是亲戚,他肯定会买徐开林的账的。"

徐开林是我高中同学,跟我关系一直很好,他在山河县当县委书记期间,我们也有过密切的合作——不客气地说,山河县今日旅游的红火,跟我当年给他们做策划有着因果关系,他后来也因了这些突出的政绩而高升,想来他心中对此也是有数的。

徐光琅是徐开林的自家晚辈,这让我又看到点希望。我立即拨通了徐开林的电话。

他大概正在睡午觉,有些不爽,跟我说:

"本[1]怕你们这些文人啊,总是这个时候给人家打电话,你屁股起火了,就不晓得晚点给我打电话?"

我说,事情有点急,对不起了主任大人,打扰你午休了……我把弟弟的事情跟他讲了一番,然后请求他给徐光琅打个招呼,看看那超伐的数目能不能再核一下。

徐开林说:

"你平时也教育你弟弟点嘛,净给我们找这些麻烦事来搞……你等一下,我帮你问下情况,看看他那边咋个讲。"

我说,这个事情你一定要帮忙,老妈八十岁了,一个人在家天天哭,可怜得很。

他说,好的,我晓得了,等下我给你回复。

过了一会儿,他果然打电话回来说,你弟弟那事情我问了,徐光琅说数字是纪委派人去查的,肯定没错,而且他还说,希望你弟弟最好不要再翻供,再要求复查,因为如果翻供再去复查的话,只怕是越查数字越大……

我的电话是按了免提键的,老布和琼英也都听得很清楚。我打手势问老布该如何答复徐开林。老布摆摆手,表示不要再说什么

---

[1] 本:在黔东南方言中,副词"本"常用在形容词或心理动词前面,有表程度的意味,也有强调肯定的意味。

了。我就感谢了徐开林，挂断了电话。

电话似乎都打完了，该打的打了，不该打的也打了，没有任何帮助……我们三人都陷入了沉默。

"现在我们村里有些人讨卵嫌[1]得很……"老布自己又点燃了一支烟，打算跟我聊村里的人和事，我却哈欠连天，没心情再听下去。他看我无精打采的样子，只好起身告辞，说，你先休息一下，晚上我们再好好聊。

琼英也还想跟我说点什么，但看我那疲倦的样子，欲言又止，跟着老布走了。

12

我在东方国际大酒店登了记开好房，并把车子也停在酒店地下停车场里，拎了我的简单行李上楼入住。

躺在酒店里舒适的大床上，我感觉心力交瘁；但问题还不在于心力交瘁，而在于我无论做了多少努力，都看不到希望。

对我来说，这事情来得有些突然了，我在没有任何思想准备的情况下，被迫卷入这样一桩非常棘手和麻烦的案子中来。还没容我仔细思索，就又被老布和琼英指派着做这样做那样，连给谁打电话，找什么人，都是他们安排的。现在，我是想尽力又力不从心，

---

[1] 讨卵嫌：方言，讨人厌。

想放弃又心有不甘……实在无所适从了。

稍事休息，到下午，雨终于停了，而且云开雾散，露出了久违的蓝天。明晃晃的阳光从纱窗外照进房间里来，屋子里的气温顿时升高了不少。我打开空调，想让凉风把我的头脑吹得稍微清醒一些。

琼英来短信问我，下午还要不要把酒带过去。我回复，带吧。

三个多月前，母亲突然生病住院，我连夜千里迢迢驱车从省城赶来青山县医院看望母亲。那几天我也是住在这酒店里的，不过，那时候的心情完全不同。我白天去照料母亲，晚上回酒店住宿，其间总有一些地方名流慕名前来拜访我，或请我吃饭喝酒，或邀请我到他们单位里讲话授课……沓子白天忙他的，晚上准会先带女儿和儿子去看望母亲，再来宾馆跟我聊天。

"你去二哥家住嘛，大哥，"那时候他多次对我说，"住酒店太贵了。"

我说，住这里离医院近些，方便去看妈。

我二弟在外打工多年，积累了一些钱，就在县城边购置了一套商品房，供一家人居住。房子有一百多平方米，四室一厅，我去住，也是可以的。但我历来跟二弟在性格上不怎么合得来，没有特殊情况，我不会跟他打交道；所以我宁可选择住宾馆，也不愿去二弟家住。

到下午三点钟的样子，琼英来敲门。

她又把那两瓶茅台酒带来了，问我休息好了没有。

我说，嗯，差不多了。

她在靠窗的沙发上坐下来，开始给我分析沓子的事情可能是村里谁谁谁举报的，谁谁谁跟我们家有过节……她的语速一如既往地快，像打机关枪一样，仿佛她的语言总是跟不上她的思维……

她说的话，我没怎么听得进去，但还是一边看手机一边嗯嗯嗯应和她的分析……我惊讶于在她的分析之中，几乎盘村所有人都成了她的怀疑对象……

随后她又说到了下一步的打算，说沓子如果被重罚，她也不想去交这个钱了，宁可让沓子在里面艰苦几年……又说沓子如果被判得比较重，要她等上五年七年，那她就干脆带着娇娇出去打工，然后把兴旺交给我去带……

"你会不会帮我带兴旺，大哥？"她流着泪问我。

"你想什么呢！"我严肃地说，"我不是在想办法嘛！你别胡思乱想了。"

她抹了抹眼泪，又开始跟我叨念他们生活的压力和困难，说如果不是为了在家照顾老妈，不是为了盘这两个崽读书，他们早就出去打工了，也就不会出这样的事情了……

琼英叫我帮她带兴旺这事已经不是她第一次提出来了，早在兴旺还没上学读书的时候，她就跟我提出过。她说她在家，被两个崽拖累，什么事情也做不了，生活过得也很艰难，还不如自己去外面打工——那时候她还没到青山幼儿园上班——我就告诉她，我还没退休，自己有自己的工作，每天也忙得打颠倒，我哪里还有时间照看兴旺嘛。因为我不接受她的建议，所以她后来才进入青山幼儿园上班，一边上班一边带两个孩子……

客观而论，我实在一点也不喜欢弟媳琼英的性格……我甚至都无法用恰当的词语来形容和描述她那种性格特点，我觉得她自私、狂妄、无知；但我同时也很理解她的难处，他们的确生活得很不容易……

13

下午五点半钟，我和琼英提前来到"大铁锅"等候老布和薛检他们的到来。

我们落座后不久，就陆续有人来到我们预订的包间。但除了我和琼英，人员已经不是中午的那些人了——看来大家都识趣，知道我有事情要跟薛检商量，所以刻意回避了。

来的是老布的几个同事，他们都主动跟我握手，说了些久仰大名一类的客套话；其中一个年轻的干警还说他在中学时就读过我的作品，听过我的讲座，受我影响很大，可惜后来学习成绩不好，高中没毕业就辍学去当了协警，没能在艺术的道路上继续追求下去。

我说你现在也还可以继续追求啊。他说现在不行了，现在人活得像一部机器上的螺丝，每天都在机械地重复着同样的内容，原有的一点艺术细胞早已被这无聊的生活扼杀干净了。

我相信他说的话是真的,而不是为了故意讨好我,他也没必要讨好我。

看到我被人家这么赞美,琼英心里当然是很高兴的,我看到她的脸上露出了这一天来难得一见的笑容。

老布和薛检准时结伴进入包厢。薛检跟大伙一一握手问候,握我的手时,他低声对我说,你老弟的事情老布跟我讲了,我会尽力的,这个你放心,但他这个数量有点大,要想像老布讲的那样做,是不可能的……

我说,一切拜托你了,麻烦你了。

琼英把茅台酒拿出来交给老布,老布说今晚不用这个酒了。

琼英看向我,意思问我怎么办。

我说,那就听老布的。又悄悄对琼英说,等下你把这酒放老布的车上去。

琼英点头说,好,晓得了。

琼英主动给薛检和大伙舀汤添饭。她似乎看到了某种希望,而我却感到胸闷窒息,恨不能立即逃离这饭局。

老布拿来的酒也是来自茅台镇的,当然不如真正的茅台酒好喝,但也非常不错。我平时很少喝酒,也不喜欢喝酒,但如果一定要喝,我就只喝酱香型白酒。老布大概知道我的喜好,所以他拿来的正是酱香型白酒。

老布先邀请大家喝过三巡,然后才开始互相敬酒。我本来想主动站起来去敬薛检的,没想到他却比我先一步站了起来。

"我们有十多年没见面了吧?"他说。

"嗯,有十多年了,那时候你还在山河法院嘛,好像才参加工作没多久。"

"是的,是的,"他说,"你记性真好,我那时候的确是刚参加工作不久。"

"祝贺你,"我说,"你那么快就高升到检察长了,真心为你高兴。"

"谢谢你关心,"他说,"也非常感谢你的老同学陈昌华院长的扶持和栽培。"

说到这里,他把头靠近我,然后低声说:"你弟弟的事情我放在心上,我一定尽力而为,尽力而为,好吧?!这个你放心。"

轮到老布给我敬酒时,他却低声对我说:"你晚上还是要再给陈昌华打个电话。"

我问:"为什么?"

他说:"你不晓得这里头,陈昌华和薛检的关系相当好。"

我说:"薛检不是答应帮忙了吗?"

他说:"你不晓得这里头……他讲'尽量'是空卵的,这些话都是屁话,没用!"

我一下傻眼了,愣了半天,才问他:"那要怎么才算有用?"

老布说:"你今晚打电话叫陈昌华下来,叫他当面给薛检讲清楚怎么搞。"

我更加糊涂了,但一时也没法把这问题搞清楚,就答应老布说:"好吧,等下我们回去再商量。"

14

酒至半酣,薛检借口在另外一边还有一个应酬就先撤退了。老布开车送他过去,然后回来跟他的几个年轻部下安心收拾我。

老布说:"公安你平时太清高了,从来不找我们玩,这次不是你老弟出这点事情,你也不会来找我们,公安你讲是不是?"

我还没反应过来,他接着说:"其实我们蛮想跟你喝点酒、款点门子[1]的……我们的文化素质是低点;但再咋个讲,我们也是爷崽关系,你不要那么嫌弃我们嘛……"

我说,老布你胡说什么嘛!我承认我是有点清高,但根本不是你们讲的那种六亲不认的人。我平时不找你们其实是怕打扰你们,但遇到困难还是得来找你们。关键时刻我不找你我找哪个?你说是不是吗,老布?

琼英怕我醉酒,不停地在旁边提醒我,行不行啊,大哥?我说,没事。

那天晚上,我到底是怎么回到宾馆的,我完全记不得了,只记得后来喝酒的人越来越多,也不知道是谁叫来的,有些人还专门给

---

1 款门子:方言,聊天、讲故事。

我备好了笔墨纸砚，要我给他们写字作画，我也不知道我当时到底写了没有、画了没有。

醒来时已经是次日早晨八点过钟，还是琼英叫来服务员打开房间门她才得以进来叫醒我的。她说，我给你打电话、发信息你都不回，我担心你出事，就过来看你，但敲了半天门也没反应，害我着急死了……

我感觉头很晕，同时口干舌燥，就对琼英说，昨天喝的那是什么酒呀？不是茅台镇的酒吧？我以前喝这个酒，从来不感觉头晕的，怎么这次那么头晕啊？

琼英说，喝多了，什么酒都会晕。

我问她我们昨晚喝了多少，她说好像是六瓶吧。我说怎么有那么多啊，我感觉没那么多啊。琼英说，那些人一个劲地来敬你，我看他们的目的好像是求你写幅字的。

"噢？"我问，"我写了吗？"

"没有。"琼英说，"你说你从来不在酒后写字，死活不写。"

"哈哈，"我笑起来，说，"还不错，晚节尚保。"

"你为什么不肯给他们写呢，大哥？是不是没有润笔费就不写？"琼英笑着说。

我看了她一眼，说：

"哟？你也知道润笔费，不错嘛。"

"润笔我咋个不晓得唷？你要我带兴旺去学书法课，人家老师都说,好好学,将来可以靠润笔费生活,说不定还大富大贵……"

"我一般不乱给人写字,"我说,"但若给人写字我绝不收钱。"

"为什么?"

"这个没有为什么,各人有各人的性格,我自己是不靠这个生活的,更不靠这个来发财……当然人家靠润笔费生活,甚至靠这个发财也没什么不对,我也不是瞧不起那些靠润笔费生活的人。"

我叫琼英先去餐厅吃早餐,我收拾一下就下楼去找她。她问:"得行不[1]你?"

她嫁来我们盘村十多年了,早已会说一口流利的盘村话了,甚至侗语她也能听懂不少,但是,偶尔,她还是会飙出她的四川口音来。

"没事,你去吧。"

她下楼去了,我洗了个澡,感觉身体稍微松活了一些,头脑也清醒了许多,随即也下楼去吃早餐。

琼英在二楼的自助餐厅里为我拿了很多好吃的,有米粉、甜酒粑、米豆腐,还有鸡蛋、香蕉和西瓜……琼英和沓子租的房子就在酒店附近,我每次回老家,差不多都入住这家酒店,她也差不多每次都来陪我吃早餐,所以她早已了解我最爱吃什么。

"我昨天拿酒给老布,他不要。"琼英边吃早餐边对我说。

"他怎么说?"我感觉头还是很晕,胃也很不舒服,吃不下

---

[1] 得行不:方言,行不。

东西。

"他没说什么,只是死活不肯收。"

"你找机会拿到他家去。"我说。

琼英想了想,说:"嗯,我和他老婆关系蛮好的,哪天我直接拿到他家去。"

吃过早餐我和琼英回到宾馆房间商量下一步的行动。琼英说昨晚老布一再要求我今天无论如何得去把陈昌华请到青山县来,他说只要陈昌华肯来青山县,沓子的事情就有希望。

我有些犹豫,不知道该不该再相信老布的话。

怎么说好呢?刚开始时,我对老布的话是比较信赖的,想着他毕竟是在执法系统里工作了那么多年,之前也的确帮过不少人;但两天接触下来,我慢慢发现,他的想法和做法都不怎么靠谱,说好听点是有点天真,说难听点是蛮干瞎搞。所以我对老布执意要我去请陈昌华来青山并不积极,我对他这样做的目的和意图也表示怀疑;同时,我也越来越反感琼英和他实际上对我的那些摆布和控制。

但问题是,如果不听他们的,我自己仿佛也拿不出什么更有价值和可行性的主意来。

思忖良久,我还是直接给陈昌华打去了电话。我问他现在在哪里,他说在思州,我问是哪个思州。他说我们地区只有一个思州,哪里还有别的什么思州,又说,就是出产名砚台的那个思州。

我说,那好,我现在就驱车过去找你,你在那里大概能待到什么时候?

他在电话里迟疑了一下,然后说,你的心情我很理解,但你来找我其实真的也没什么用,我和你的关系咋个还用得着你亲自来,你莫听老布他们那些人瞎扯……

"我也晓得找你没有用,但现在我不找你我也不晓得去找哪个……"我几乎是哀求着说,我甚至感觉到我说这话时声音有些颤抖。

电话里传来陈昌华给部下交代事情的声音,我等他蛮久,最后他说:

"那这样吧,你要来的话,我中午请你吃饭。"

又说:

"不多说了,忙得很,你来,欢迎你,到了给我电话……"

挂了电话,我就对琼英说:

"陈昌华是个很务实的人。"

又说:

"其实不用去找他。"

琼英说:

"为什么?"

我说:

"第一,他能帮我的地方他肯定会帮;第二,我们去请他,他是不会跟我们来的,他来不了;第三,我们跑那么远去找他,他不来,有什么意义?"

琼英不说话了。

我头晕起来，身体忽然疲乏得不得了，想躺下休息；但琼英在，我不便躺下，就坐在床上翻阅手机信息。突然看到一条短信，是我老庚路宏伟发来的，内容是：

"如果你觉得有必要，就给我这个姓江的朋友打一个电话，他是我们地区最著名的律师和法律专家，有些东西你问问他，可能会对你更有帮助。"

路宏伟的信息令我眼前一亮。我觉得他讲的很有道理。我想，是啊，我们犯法了，为什么不去找律师，而去找官员呢？也许我们的努力方向从一开始就错了，所以才导致如今疲惫不堪、焦头烂额又毫无进展的结果。

稍微整理一下思绪，我就按照路宏伟提供的电话号码给他那朋友打去了电话。

"喂，你是江先生吗？哦哦哦，我是路宏伟的朋友……"

路宏伟的律师朋友讲话倒很客气，听得出，他是一个比较有文化涵养的人；但是，大概他所在的环境比较嘈杂吧，他说的话我总是有点听不大清楚。

我问他现在何处，并说如果方便，我想亲自上门去拜访他一下。

他说他在山河县老家，他今天在家里接待几个律师同行，非常欢迎我前往。

我进一步问清了他家的详细地址，然后对琼英说：

"我们不去思州了，去山河。"

说完，我起身收拾行李。琼英也帮着给我收拾。我们就像是在漫长的黑暗中，突然望见了北极星那样，仿佛又找到了方向。

但走出房间，走进电梯时，我发觉我的头还是晕的，整个人还是很不舒服。我忽然特别担心路上会被查酒驾。

15

在电梯里，我把房卡交给琼英，叫她到前台帮我去退房，我自己直接下到负一楼去把车子开出来。

车子刚开到出口，琼英就赶到了。

她上车后，我们走高速直奔山河县。

我叫她用我的手机给陈昌华发信息，说我们不去思州县了，我们去山河县了。

陈昌华很快回复信息："你们不来正好，我也正想给你们打电话，我今天有急事，马上要赶回地区去，也没时间接待你们。"

天空又下起了小雨，高速公路上还有大雾，这样开起车来就比较辛苦了。我小心翼翼地驾驶，车速始终没超过八十码。

琼英坐在副驾驶位置，又开始给我分析谁谁谁举报沓子的可能性。她说现在的人太坏了，你的日子过得稍微好点就有人嫉妒，就有人举报，连老布那年从家里拉来几根木材也有人举报……又说谁谁谁是有名的告状专业户,县里每个单位都知道他,都说我们村尽出一些不可思议的人物……

我耐心听着,没有直接反驳她,我是不同意她的分析的。最后我对她说,不管是谁举报的,你们都不要去埋怨人家,更不能去报复人家,根本的问题还是在沓子和你这里。你们两个平时说话、做事都太过于高调了,手上又有屎,不被人举报才怪。我多次跟你们讲,为人做事要低调,要谦和,对人要友好,不要到处树敌……

琼英听我这样一说,就有点不高兴了,辩解说:"我们哪里不低调嘛,大哥,我们从来都是低三下四的,只差没趴到地下去了……但是那两弟兄上门来吵,来跟沓子要钱,而且要得那么高、那么离谱,你说我们就应该给他这钱——这个我是想不通了……"

我说:"正因为你们想不通,所以才有今天,如果换了另外一个想得通的人,就不会有今天……"琼英说:"那不一定,就算沓子按照那两兄弟的意思把钱数给他们了,我估计他们还是会去举报的……"我说:"那就说明你们自己有问题嘛,还是有把柄给别人抓嘛!"

琼英说:"大哥,你是国家干部、高级知识分子,你当然理解不了、体会不到我们农民的苦处。你讲我和沓子不干净,那我问你,我们盘村哪一个人手上是干净的?哪一个人没有买卖木材?哪一个人砍木材不超标?我跟你讲,如果按国家规定,我们每砍一根木头都要去办砍伐证的。没有砍伐证,砍任何一根木头都是违法的。因为土地是国家的,山林木材也是国家的……但办一个砍伐证,国家规定的收费标准是每个立方米三百六十五元,但实际收费基本上是要四百元到五百元。如果我们按一个立方米九百元左右的价格卖出去,表面看起来,中间有三百元到四百元的差价,可以赚钱;但实际上,买卖木材还有砍伐木材和运输木材的费用,包括每个立方米八十至一百元的人工砍伐费、一百到二百元的马工托运费,还有价格不等的设计费、税花费等等。这样搞下来,每个立方米的木材成本价实际上已远远超过一千元,所以你按照国家规定去买卖木材是根本赚不了钱的,甚至还会亏大钱。你要想赚钱,第一,不办证;第二,超标;第三,在设计上做点手脚。所谓做手脚,其实就是在评估的时候故意低估木材的实际体积,这等于是克扣了木材主人的钱。但问题是,现在的人都是有头脑的,你会评估,人家也会评估;所以搞木材买卖按国家标准你就根本搞不下去。这就跟那些开大卡车搞货运的一样,要么超重,赚点小利,要么吃西北风……"

高速公路两边是清一色的杉木林,在雨雾中,显得格外美丽。我一边欣赏着这样的景致,一边仔细听琼英的诉说,心情颇为复杂。

直到她的"机关枪"停止了"扫射",我才发觉她说完了。

"那你们又何必去冒这个险嘛!"我说。

"问题就是,大家都在砍,大家都在超,大家多少都赚到了一点钱,大家都尝到了一点甜头。你不出去打工,在家种田,做这个就是唯一的出路。所谓靠山吃山,我们这山坷垃地方,不买卖木材，还能做什么？你也晓得嘛，我们地方，自古以来就是靠经营木材维持生活的……所以如果没有人举报，大家其实是相安无事，日子也还可以过得下去……"

我得承认，琼英说的话，的确不无道理。虽然我心里还是不同意不支持也不接受她的观点，但她所说的这些话，对我还是很有触动的；至少，她促进了我的思考。在此之前，我一直以为，人是土地的主人，任何人都可以依靠土地来谋求生存和发展……

16

车过山河县温泉镇时，琼英被镇上各种时尚的楼房吸引住了。她说："大哥，你看，温泉镇这么漂亮！我们平时只在电视上得看光[1]。沓子原来一直说要带我来玩，都讲了好多年了；但全都是开的空头支票，他讲这话的时候我们还没生娇娇，现在娇娇都十六岁了，我们也没来温泉玩过一次。"

我说：

"这破地方有什么好玩的！"

又说：

"等沓子出来了，我叫他带你来；他不带你来，我就带你来。"

---

[1] 光：方言，仅仅的意思。

琼英说：

"不管沓子的事情最后结果如何，我都想出去打工了，大哥。我希望你把兴旺带去跟你读书，我带娇娇去打工，沓子在屋看妈……"

我说：

"自己的娃崽最好还是自己带……"

琼英说：

"我不出去打工，沓子和我永远也莫想还清你的钱。"

因为要在城里陪读，房租又经常水涨船高，琼英和沓子为了房租常被房东赶来赶去的。被赶多次之后，他们终于下决心要在城里买一套商品房，两年前跟我借了五万元付首付。

我当然知道他们在经济上的困难，但是，对于要不要支持她外出打工这个事情，我没有做进一步的表态。

"当初你为什么不选择从政呢，大哥？"琼英突然这样问我。

我似乎被她这个问题给难住了，不知道该如何回答才好。

我当然并不是真的被这个问题难住了，我心里其实有着非常明确的答案；问题是，我的答案的确很难让眼前这个来自中国社会最底层的文盲农妇有种豁然开朗的明白。

固然，年轻的时候，我也的确有过简单的从政经历——二十多年前，我被单位委派到基层参加扶贫工作，担任过副镇长职务，后来在单位里也担任过学报编辑部副主任之职，级别属于副处级……按说，如果我一直沿着这条路走下来，没有意外的话，估计现在做到副厅级甚至正厅级应该是很正常的事情。

但是,我却在很早的时候就确立了自己的人生奋斗方向,那绝不是官位和爵禄,而是关乎艺术和文学的创作——说实话,在学校里,我甚至连一般的世俗往来都很少,就连学院里领导的亲人过世,大家都随礼,我也佯装不知……

多少年来,我不买房子,不买股票,不参与同仁的人情世故往来,就如此这般地过着清心寡欲的生活,一心追求在艺术上的发展和精进,这也使我在社会上赢得了较高声誉。

实话说,我很满意我目前的生活。橙子也满意。

我知道,琼英的意思是,如果我从了政,当了大官,沓子的事情可能就不会那么麻烦……

我本想给她讲一些简明易懂的人生道理,以此来开导她那颗执迷不悟的心;但我没料到,车子仅仅开到大水镇我就抛锚了——不是车子抛锚,是我抛锚了。我胃胀得难受,只好进入大水服务区休息。

我在卫生间里吐了。宿酒的臭味熏得所有正在上厕所的人都开始骂娘了。我想给大伙道歉,但说不出话来,仿佛一说话就会再吐。

吐完出来,我感到自己整个人都虚脱了。

琼英问:"你怎么了,大哥?"

我说:"我吐了,很难受,你别吵我,我稍微休息一下。"

琼英看到我难受的样子,就流了泪,说:"实在对不起你,大哥，你不为我们的事也不会醉成这样子……"

　　我摆摆手示意她不要再说什么了，然后我把座椅靠背放倒，身体往后倒下去。后来我的意识渐渐模糊起来，我似乎听到有很多人在车子外面吵闹，当中好像也有琼英的声音。但我实在没法听清他们在说些什么。我甚至还有这样一个印象，就是有人在使劲拍打我的车窗玻璃，然后我抬起头来，看到一个身材魁梧的交警正在向我敬礼……

第二章

1

在沓子被捕入狱两周后的一天下午,我独自驱车从青山县城赶回故乡老家盘村。那天天气晴朗,秋阳高照,整个世界都很明亮。虽然沓子的事情让我焦头烂额,但一想到要回家了,心情还是不错的。只是在车子快要抵达家门口时,老远就看到母亲孤独一人坐在沓子开的那个小店子门前可怜巴巴地守望着,我的心顿时碎了。

我像往常一样把车子开到沓子的店子门前,再倒回来停靠在公路边,然后熄了火,朝妈妈走过去,对她轻轻叫了一声:

"妈——"

我没听到她像以往那样欢欢喜喜地答应我,也没看到她抬起头来看我,就以为她还是在为弟弟的事情伤心难过,却不承想她其实是病了,而且病得很重。

"你快拉我去宰位光和那里打一针,我脚痛得很了,站都站不起来了。"

母亲患有风湿性关节炎,很多年了。好的时候,她还可以在家里家外劳作；病起来的时候，几乎不能起床下地。

我走近她，才发现她满脸是泪水，说话很艰难。

"我不是那几天才带你去岑卜打针来吗？怎么又痛了？"

"我痛好几天了，我喊计六骑摩托带我去岑卜打针，他说他血压高，不敢带人……我又喊肇王带我去，他也不肯带我去……"

我说：

"那你咋个不给我打电话嘛！你打电话我就来了嘛！"

"电话没话费了，用不起了……"

母亲用的是一个老式手机，大概是在电信公司里充够一定话费就可以免费领取的那种手机，电池消耗得快，话费消耗得也快。

我把她扶上车子，坐在副驾驶位置，再给她递上拐杖，然后把车门关好，发动车子，掉头往宰位村开去。

从我老家盘村到宰位村，路程倒不远，六七公里的样子。途中要经过岑卜村，大约三个礼拜前我回家时才带她到这个村打了针，所以我问她为什么不去岑卜村打针。她说，万一的药不好，上次打那一针，只管用一两天，第三天就发病了。又说，宰位光和的药贵，人家一般不去那里打针，但病来了受不了，也得去。

我们村的公路是最近几年才修起来的，路线还是原先的老路线，车子顺着狭长的山谷底部行进，弯道还不算太多。我就是从这条山谷走出去的，先是在岑卜村上小学，然后到平墓乡读初中，然后再到县城上高中，最后到省城念大学。人是越走越远了，但出去和回家的路却始终不变，始终走的是同一条山谷。

母亲晕车,我开得很慢,但还是担心她晕车。

"你没晕车吧,妈?"我问。

"没晕。"她说。

"没晕就好。"我说。

每过一个弯道我都会提前长按喇叭,同时减速慢行。不知道为什么,自从三弟出事后,我心里总有一种担忧,就是怕祸不单行。我担心妈妈的身体,也担心我自己的出行……所以驾驶起来比平时更加小心翼翼。

"你有那么多当官的朋友,就不能把老三从里面捞出来?"她终于还是问了这句话。

我怕她过度焦虑,就说你莫着急,过几天他会回来的;但其实我心里已经很清楚了,三弟是很难在短期内回到家来了,甚至有可能很长时间都回不了家。

"你找到管事的人了?"母亲继续追问。

"我的蛮多朋友都在帮忙……"我含糊其词地说。

短暂的沉默后,母亲突然呜咽着说:

"……他都进去十多天了……他那身体本来就差得要死,在家从来都是药不离身的……"

我就装着很平静的样子说:"你莫哭,妈,你这样哭会伤身体的……关键是你哭没有用嘛!"

又说:

"他的药琼英已经找人带给他了。"

从母亲的突然呜咽哭泣和对于三弟沓子进去时长的强调，我猜想母亲大概是从三弟媳琼英那里得知了三弟被正式逮捕的消息，明白了沓子犯的事不轻，也明白了我对于这事情的无能为力。

"他还能回屋过年不？"车快到岑卜时，她这样问我。

"应该可以吧……"我还是模棱两可地答复她。

"你找的那些人，都没有管火[1]的吗？"

"现在政策不同了，妈，不比往天。"

沉默了一会儿，她又开始掉眼泪，说：

"我往天生病，全是他拉我来岑卜打针，现在他不在家，想找人家帮点忙，没一个人肯帮我……"

我大声说：

"人家不是不想帮你，是怕你万一出事人家负不起这个责任，你晓得不！你年纪那么大了，血压又高，人家开的又是摩托车，万一你摔下车来，哪个负得了这个责任嘛！"

车子很快到了岑卜，我下意识地踩了一脚刹车，母亲说："走走走，不到岑卜，去宰位。"我就加油往宰位方向走了。

"万一的药咋个不好呢？"

我想起三周前我带母亲到岑卜村看病时，是赤脚老医生万一给母亲打的针。那时候我看到万一给母亲打针的动作非常缓慢，还以为他是年纪大动作迟缓的缘故，后来母亲告诉我，他几年前中风了，躺在床上一两年，现在身体慢慢有所恢复了，才勉强可以帮人

---

1 管火：方言，有用。

打针。母亲还说，现在村里的年轻人都不愿学这个，只想到外面打工赚钱，恐怕万一死后，岑卜的卫生室也要关门了。

"万一的药是国家发送的，有补贴，所以药不贵；光和的药是自己进来的，药费比万一贵很多，但他的药效也比万一的好很多。"

我们村原来也有一个卫生室，但自从赤脚医生家[1]衣病逝之后，那个卫生室就关门了，如今那卫生室早已芳草萋萋，变成了一处"遗址"。

我把车子停靠在宰位村光和家卫生室的门口，请光和给母亲打了针，我又开了一些药，然后就打转回盘村了。

在车上，母亲问我开的药是多少钱。我说是一百八十元。母亲就说，你看，现在的药，贵死了。我说只要有用，贵点也不要紧，就怕药光贵，又没有作用，那就害人了。

母亲说，有用还是有点用，但就是没有药可以把我这病治断根。

到家的时候，母亲说脚痛好了蛮多，但她要休息一下，我就把她扶进房间。这时我才发现，房间里还睡着一个人，是我侄女娇娇。

2

"娇娇，你怎么不去学校？"我问在床上躺着的娇娇。她没有

---

[1] 家："家"和人名连用时，家为敬称，表示对方为说话人的父辈。

回答我。母亲代她做了答复:

"她学习成绩不好,她妈不让她去读书了。"

时间已经是九月初了,全国各地的大中小学已经开课了。兴旺和他妈妈琼英都回到县城上学的上学,上班的上班。我们学校因为开学后有两周新生军训时间,我的课恰好是新生的课,所以可以推迟两周回学校,因而就一直滞留在故乡,但女儿婄云已经上学去了。

"这怎么行!明天赶快给我回到学校去读书!"我说。

侄女娇娇依旧没有动静。母亲脱下外衣,往自己床上躺下去,说:

"我可能要睡一港港[1],你饿饭,就自己去做饭吃。冰箱里有肉,厨房里有青菜。"

我走到娇娇的床前,揭开她盖在头上的被子,她立即把被子拉起来重新盖住了。

"我见过睡懒觉的,但没见过像你这样懒的人,现在都到下午了,你还没起床!天底下哪有这样懒的人嘛!"

"你莫管她,等下她会起来。"母亲说,"现在的娃崽都是这样的,晚上一整晚打游戏不睡觉,白天睡觉——她早上是起来了的,帮我做了蛮多事。"

听母亲这样一说,我情绪稍稍缓和了一些。我退出房间,把门带上,然后来到屋外卸下我车上带的行李和食物。

---

1 一港港:方言,一会儿。

我从城里带来很多菜，估计够我和母亲吃上半个月了。我一一拿出来放到三弟的冰箱里。三弟的冰箱很大，可以贮存很多的食物。有些需要马上解决掉的食物，我便拿到厨房这边。

处理完食物，我再把行李搬到楼上我的房间去。

几年前，我们村正修公路时，三弟沓子率先在公路边跟人买下了两小块地皮。他在这两小块地皮上修建起了两栋简易的两层楼房：一栋作为他们一家人的住房；一栋一楼用作厨房，二楼是专门留给我作卧室兼书房用的。

我在书房里打开电脑，才发现Wi-Fi没有信号，用不了，我这才忽然明白娇娇不起床的原因——她很小的时候就迷上了电脑，没有Wi-Fi，她当然会生气。我估计是琼英故意给她断开的，就打电话问琼英是咋回事。

"家里的Wi-Fi不通，妈妈的手机也没电话费了……"

我的语气里，明显有责备琼英的味道。她却一反平日的焦躁脾气，很耐心地给我解释：

"Wi-Fi应该是没断，我才交了钱的。但前几天有人来我们家安摄像头，可能信号有点受影响，你试着多登录几次……妈妈的手机话费我也是才交的，但我没钱了，只交了二十元，估计她最近打电话比较多，又没有了吧……"

停了停她又说：

"我不想让娇娇读书了，她在学校也不学，成绩总是倒数的，还不如回家去帮妈干点活……"

她这样一解释，我便也觉得她这样考虑和处置也没什么不妥。

屋外传来机器的轰鸣声，是从河对面我家老屋那边传出来的，似乎是修建房子使用的升降机发出的声音。

我走出房间来，站在走廊上瞭望整个村寨。

从我站立的位置看过去，可以看到故乡盘村位于一处河谷的低洼地段，四周都是崇山峻岭，盘江河从山谷底部的田园中间蜿蜒流过，两岸分布着错落有致的农田和木楼。住家户主要集中在三个位置，分别是正前方的岜仙小寨、右边的䰀老大寨和左边的孟兰小寨。我家的老屋就在孟兰小寨上。

因我家的老屋是建在左边河岸的一处巉岩上，醒目突出，所以很容易被人识记。在肇王他们的新砖房还没有修起来的时候，我家的老屋跟我们现在居住的位于公路边的小砖房遥相呼应，从小砖房看过去，可以把老屋看得一清二楚；但现在不行了，被肇王他们的新房子遮挡住了，看不到了。

盘江河在一如既往地静静流淌，河岸边的竹林似乎也还像从前那样地茂密生长，没什么太大的改变。但肇王新房一楼的地坪，是从屋基里延伸出来的，占据了半个河面；所以之前从他家门口经过的花街石板路就看不到了，从前长满河岸边的槐花树也没有了。

而在肇王新居的背后，现在又建起来两处新房。一处是几个月前才开始修建的老平的新房子，现在也全部竣工了，金黄的油漆外墙和大红的门户对联，在阳光下显得格外刺眼。

老平房子的后面，就是老贵正在修建的新屋，机器的声音就是从他那里传出来的。一周前，当我在青山县城为沓子的事情奔波了一个礼拜仍一无所获后，我回到了宰马镇，刚到橙子家我就接到琼英给我打来的电话，说老贵把我们家老屋门前的三棵大树全部砍掉了。砍掉的理由是，我们家的大树挡住了他们新屋的光线……听到这个消息，我顿时气得全身发颤，我知道老贵他们是趁我三弟身陷囹圄之际，故意砍掉那些树的。当然，我们家门前的大树的确影响到了他们家房屋的采光，这是不争的事实。但你不管怎样讲，我家栽树在前，你家修房在后，不能反过来说我家大树挡住了你家新屋采光，这就完全把事实搞颠倒了。

但那时我除了生气，并大声呵斥琼英外，也没有什么办法。后来反而是老母亲在电话里安慰我说，不要再结冤家了，随人家怎么搞，也无非就是几棵大树——留着的话，虽然有些风景，但也没什么实际用途，反正我们现在也不会去旧屋居住了……

母亲能这样开通，我当然稍感宽慰。事实上，我也并不十分计较这几棵大树，虽然这几棵大树是父亲留下来的纪念物，砍了的确非常可惜，但毕竟只是几棵大树而已。其实，只要老贵他们主动来跟我商量砍树一事，我应该也是会同意的。但老贵他们太目中无人了，这样的做法、这样的态度，我觉得跟我们传统的侗家人性格相差太大太远了。

现在，我回到家了，不管怎样，我想去看个究竟。

我拿着相机下楼，径直往我们家的老房子走去。

从前由新居到我家老屋，要经过一座小小的木桥，但现在那木

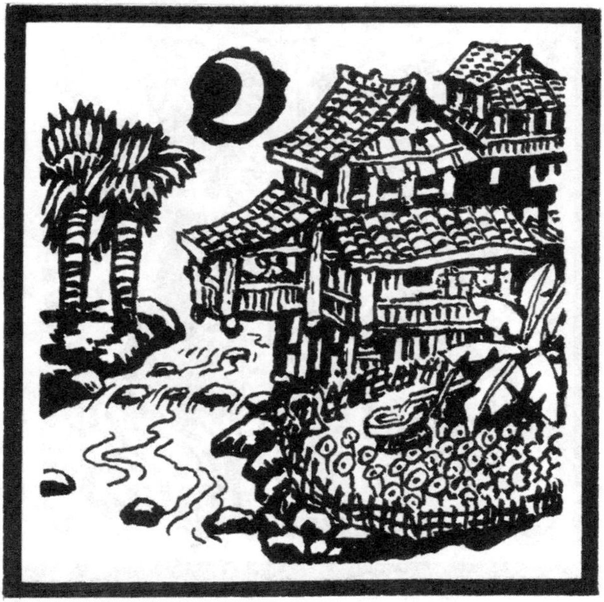

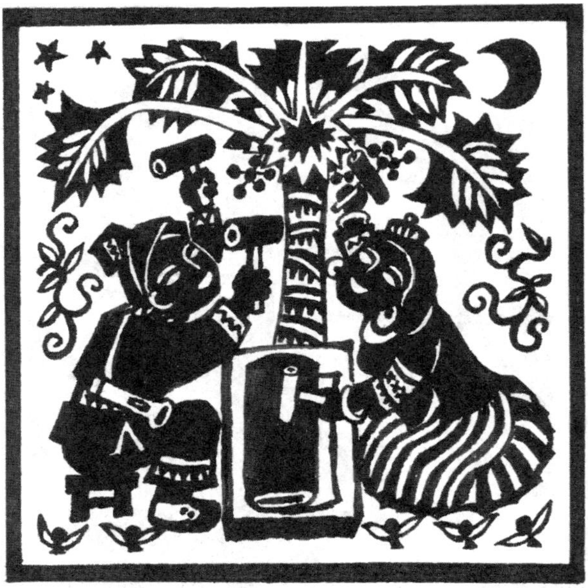

桥没有了，半年前被大洪水冲走了。村民们多次请求我出面跟上级有关部门找点钱来修桥，我答应了，也的确是找到了一个朋友，他目前在地区工商局担任局长，我跟他说了这事，他非常爽快地答应我年底把桥修通。但是，现在都已经是九月初了，修桥的事还没一点动静。

现在村民过河改走老孔桥，那是清朝嘉庆年间修起来的一座石拱桥，年代久远却毫无缺损，桥底下中心部位还悬挂着斩龙剑，没有谁敢去动。

当然，从老平和老贵他们临时搭建的用于运送建筑材料的简易木板桥走过去，也是可以的。但那木板桥是用三合板铺就的，我感到有些不安全，就还是走老孔桥这边，稍微绕一点，但也无非是多走了四五百米路程。

从老孔桥过桥来到我老屋边，我走的是一截残存的花街石板路。从前这样的花街路从石洞乡场一直铺到楠洞司，现在只残余一些小截小段了。

我家老屋是我念高一那年修建起来的，至今有四十多年历史了，为三间两进木楼大瓦房，左右两边各配有一间厢房。这房子是建在山坡脚下一个半岛式的突出台地上的，位置高于河面三十多米，可以环视整个盘村河谷及盘村全部木楼人家……从前，房前屋后有大树围绕，看上去像一座古老的寺院，无论春夏秋冬，风景都是很美的。我在那里接待过不少来自全国各地的文化名流，甚至还有翻译和批评我作品的外国人……但是，现在，门前突然间增加了三栋水泥砖房，视野完全被遮挡住了，风景也没有了。

我转到老屋大门口，发现原先浓荫蔽日的三棵大树的确被老贵他们砍掉了。那可都是我父亲生前栽种的珍贵树种啊——一棵杜仲、一棵清水梨、一棵拐枣——每一棵都枝繁叶茂，仪态万方，尤其是那棵杜仲，本来就是很珍贵的中药材，如今长得高大挺拔，堪称栋梁。橙子每次和我回到老家，都会对这棵大树赞美有加。橙子还说，看到这棵大树，就仿佛看到了我父亲，从他栽种的这些树，她可以想见他是个多么热爱生活的人……我不知道下次橙子再跟我回老家时，她该怎么来评价这荒芜的景致，以及老贵他们的野蛮行为……

除了大树被砍伐之后门前光亮了许多外，我之前堆放在大门口的很多石头也不见了。几年前吧，有外地人来我们盘村淘金，把一条清亮的盘江河挖得稀烂，却也把河床底下一些被冲刷多年的大石头给翻出来了，但这些石头他们是不需要的。他们并不知道这就是有名的清江石——一种质地特别优良的观赏石。我就花钱请人把那些石头都抬到老屋大门口来堆放着，想着将来有一天我退休了，回老家闲居，再好好整理、打扮这些石头……但我没想到现在这些石头居然都不见了……谁拿去的呢？不知道。但是，很显然，村民中如今也有人认识到这些石头的价值了；毕竟盘村现在外出谋生的人比从前增加太多了。何况，青山县城里开的奇石馆是不少的，有好几处还就开设在公共汽车站旁边，应该有很多盘村人去看过了，然后也懂得了这些石头所蕴含的经济价值……

母亲说老屋没人住——哪里会没人住嘛！二弟媳秋红其实是经常回来住的。十多年前，我二弟举家到广东打工，三弟后来也到公路边修起了新房子，老屋的确一度没人居住，几近闲置荒废了。但最近几年广东一些企业不景气，二弟几乎处于失业状态，二弟媳也找不到活路做，加上他们的小儿子又给他们增添了一个小宝贝，需要人照看，二弟媳就干脆回家来专门带孙崽了……她大多时候在县城的新房子里住，但偶尔也会回盘村老家来住上几天……老屋门口原先的晒谷坪，居然也被她开辟为菜地了，上面长着绿油油的青菜和大葱小蒜……但老屋的大门是上了锁的，二弟媳不在家，不知道她是在山坡上劳作呢，还是在城里没有回来。

也许唯一没变的是门前那两棵柚子树，那也同样是我父亲在修建这老屋时栽下的，它们与老屋同龄。一晃四十多年过去了，柚树苗长成了大树，它每年都结满黄澄澄的柚果，却因为无人照看和管理，柚果味道不佳，所以很少有人光顾采摘，但柚子树上似乎也因此而长年挂满柚果，远远看去非常美丽。

柚子树下，原本是老贵的一丘细长狭小的水田，面积不足二十平方米，水源原来是靠一条小小的堰沟提供，后来在修公路的时候堰沟被挖断了，这丘水田也就荒废了……我曾经暗自思量过，若用三弟的哪一丘好点的水田跟老贵交换，然后我把他这丘水田开辟为停车场，我再从田角位置修建一部走上老屋来的石梯，那住老屋就太安逸舒服了……可惜没等我把想法跟三弟和老贵沟通，老贵却抢先一步在自己的田地里修建起新房来了。

三棵大树被他们肢解得支离破碎后就随意放置在他们新屋的后阳沟里。我知道那些木材的材质都是很好的。无论是杜仲还是清水梨，抑或是拐枣树，材质都非常好，用来做家具，那是一流了，可惜没人珍惜。按道理，他们应该把木材搬来放置在我家老屋的堂屋里——即便他们不想这样做，他们也应该通知我二弟和我侄儿去处理，遗憾的是，他们并没有这样做……

他们在他们的新房里开动机器，搅沙，拌浆，搬砖，拖动钢筋……忙得不亦乐乎，因此也没人招呼我……不知道是没看见我，还是故意不想理睬我。

3

我家老屋旁边还有一座木楼，那是家义的家。我在老屋门口站了一会儿，又想到可以顺路上家义家去看看家义。

家义九十二岁了，除了耳朵有点背，身体还蛮好，目前应该是村里年龄最大的老人了。我大伯父在世的时候，是全村年龄最大的，但他去年去世了，去世的时候九十四岁。

"家义，鸟言啊？"

我用侗语大声招呼家义，意思是："家义，在家啊？"他本来是独自坐在廊檐下晒太阳的，看到我，就露出笑脸。他眼睛不错，大概看到了我对他说话的口型，就说："国立应艮，号弄艮。"意思是说:"我听不见了,耳朵聋得很了。"

又说:"会麻言遂。"意思是:"快来家坐。"

我就走到他家廊檐下说,今天天气好,我要来给你照一张相。

我每次回家都会给老人和孩子照相,当然是免费的,而且我已经坚持了三十多年。我们村很多人的第一张照片,甚至最后一张照片,都是出自我手。

我拿出相机对准了在廊檐下晒太阳的家义,他一边整理衣服,一边笑着对我说,莫照了,人老得很了,不好看了。

话是这么说,但他其实很喜欢照相。在我拍摄的老人中,他是唯一从来不拒绝我的人。大多数老人都不喜欢被拍摄,因为他们觉得自己老了很难看。但在我的反复动员和要求下,或者在子女做了一点工作之后,他们多半也还是愿意接受我拍摄的。只有家义,从来不含糊,只要我一亮出相机,他就马上整理自己的衣服,并且始终微笑着面对我的镜头。许多时候,他还要求看一看拍摄的效果。

我走近他,照例把拍摄好的照片回放给他看。他举起手遮挡住太阳光看,也不知道看清楚了没有,只是不停地说,嗨嗨嗨,麻烦你得很,每次都麻烦你得很。

家义是我们村上一代人的代表,他跟我大伯父一样,对生活的要求极低,低到几乎无欲的程度。他们日出而作,日入而息,长年在山坡和田土间劳作,并不求富裕,只求温饱。我大伯父在世时,我曾多次邀请他跟我去省城住上一段时间,他说他哪里也不想去,就在盘村挺好的。事实上,他连青山县城也没去过……我相信家义这一辈子也没走出过盘村的地界范围……我还年少时,有一年,家义"吃时保"[1],居然来请我去做"保人",而我居然同意了。他那次"吃时保"到底请了哪些保人,因时间太久远我如今也记不清了,只记得其中有老同。老同是我堂哥,他介绍我去做家义的保人。我问老同:"这个没有什么问题吧?把我的命重分几两给他,对我没有损失和伤害吧?"老同说:"怕卵,那些都是迷信。他们信,对他们有影响;我们不信,对我们没影响。有钱,怕卵……"的确有钱,有一块多钱。在那年代,一块钱算大钱了,可以在楠洞街上吃十碗米粉了。我就稀里糊涂同意了。后来这事情被我母亲知道了,挨了她一顿大骂……我不记得家义"吃时保"的具体时间了,也不记得他那时的确切年纪,我估摸着他应该是在四五十岁左右;因为他现在九十二岁,我五十五岁,我们之间相差三十七岁,就算他是五十岁做的"时保",我那年也才十三岁……我的天,一个十三岁的孩子,离成人还差得远得很哪,我居然为了一点小利就出卖了自己的"寿元"和"命重",难怪被母亲骂得半死。

还好,时间一晃四十多年过去了,他如愿以偿,高寿的理想变成了现实;我也暂时还看不出有什么明显的损失,大家相安无

---

[1] "吃时保":侗族民间一种迷信活动,某些人由于身体长期虚弱,被认为是命里的"重量"不够,需要借助某种巫术仪式才能从其他身体强健的人身上分一些"重量"过来,才能使其身体恢复如常,健康强壮。

事……我很喜欢他这类人，勤劳、本分、质朴、善良、寡欲……那年，他儿子老魁也是因为砍木材被公安局抓进去了，老魁婆娘桂莲来求我帮忙，他们煮甜酒粑粑给我吃，我吃了一碗，桂莲一再抹泪诉苦，家义却只是连声说感谢而已……

"艾牙了森校故，国里勇艮。"

家义一直跟我说着侗语。他也是我们村里为数不多的平时只讲侗语不讲汉语的人了。

他的意思是说："可怜你花钱给我照相，我是没用的人了。"

我用侗语答复他，说每次看到你身体那么健康硬朗，我就特别想念我父亲，可惜他死得太早了……

家义说，你父亲就是太爱喝酒了，不然他身体比我还好。又说，人走得早也好，免得娃崽操心，人老来病多，又没有用，拖累娃崽得很。

对于他这样的想法，我真不知道该如何答复他，就转移了话题，问他老魁在家不。他说老魁去打工了，去了好几年了，带着一家人去的，从牢里出来后的第二年就去了……又说，感谢你得很，没有你救他，他现在可能还在牢里关着……

他们都不在家，那你生病了怎么办？谁来照顾你？我大声问他。

家义说，病来也只有等死了，好在我也没什么病……

不知道是因为我们说话声音太大的缘故呢，还是老贵他们自己要休息了，他们的机器突然停止了轰鸣。有人在朝我们张望，我没戴眼镜,所以看不清他们的面孔。我就问家义,对面那房子是承包给外面的人来建的吗?

家义说,这个他不知道。

从前无论是从我家老屋或者家义的木楼往外看过去,盘村都是一个纯粹的木楼村寨,但现如今水泥砖房林立,木楼已经成了文物般的风景残存。我不知道他是怎样看待这种变化的。但有一点可以肯定,以家义的为人,我知道他不会想着去改变这个世界,最多,他只是想着努力去适应这个世界。

4

我回到三弟家时,母亲已经起床了,她正坐在大门口梳头。侄女娇娇正在厨房里煮饭炒菜。

我刚踏进厨房门,娇娇就问我:

"大爹,我爸爸好久才能转来屋?"

她的声音有些颤抖,我估计她快要哭了。

"我不晓得,"我说,"我和你妈妈都在想办法。"

她站在灶台边,眼睛并没有看着我,而是看着锅子。锅子里正煮着一锅的素南瓜。我猜想可能是母亲告诉她,我爱吃素南瓜,她才煮这道菜的。

我回到楼上我的房间里洗了一把脸,然后烧水,准备泡一杯茶喝。这时,娇娇在楼下喊:"大爹,下来吃饭。"

我走下楼来,看到娇娇已经把饭菜都弄好了,母亲和她一起围坐在铁炉子边,静静等候我的到来。虽然已经入秋了,山里的夜晚也有了相当的寒意,但铁炉子里并没有生火,它只是被当作一个饭桌使用,上面摆了好几样菜,都是我爱吃的:一大钵新鲜的素南瓜、一盘青椒炒小干鱼、一盘西红柿炒青豆米,还有一碗家常豆腐。

我问娇娇,这些菜你都是跟谁学炒的?她没有回答我,母亲替她答复说:

"她在学校学的就是这个咯。"

我原先只知道娇娇没考上高中,读的是职业高中,但我没想到她在职高里学的是这个。

母亲像是突然想起什么似的,对娇娇说:

"欸!娇娇,给你大爹倒一碗酒。"

又说:

"哦,香也没烧,顺便拿几根香来烧。"

有客人来,有好菜吃,要喝一口酒,要在饭前烧香燃纸,这是我们家的传统,我父亲生前最记得这事——我母亲有时候忘记,会挨他的骂。

趁娇娇还在焚纸烧香之际,我顺手把她已经给我倒上的酒滴了几滴在地上,然后喝了一大口。母亲说,那酒是大妹带来的,这桌上的菜都是大妹带来的。"大妹对妈,是这样好!老三在屋的时候，她也是三天两头带这样那样来，生怕妈没吃的，现在老三出事情了，她和老秀就来得更多了。我跟他们讲，屋里头每天都有外面的车子来卖东西，哪样都不缺，莫要牵挂妈，妈会料理自己的生活。他们不听，动不动就骑摩托送这样那样来。"

母亲说着，又用衣袖抹眼泪。我不知道该怎么样安慰她，只说他们拿来你就吃，这也是他们的一片孝心。

"奶养六个崽，孝心倒是个个都有，但最挂牵奶的还是你大爹和大姑……"母亲对娇娇说。

这样的话，母亲说过不止一次了。我每次回家，多少都要送她一点钱，有时几百，有时几千，她就在寨子上逢人便说："哪个养我老？还不是我那大崽养我！"我多次对她说，以后不能这样讲话，这样讲话太得罪人，何况也不是事实。我说我是有点能力的人，这样做也是应该的，其他几个弟妹，每个人的心情其实跟我是一样的，只是他们能力小一点而已。

"我晓得。"母亲说，"我是跟娇娇讲，我没到外面讲。"

我的几个弟妹，除了我是有工作的，其余都是农民，养好崽都不易，哪里还有能力去照顾别人？何况，我们也不能以谁给的钱多来衡量谁最有孝心。许多时候，家人能感受到的亲情，是来自于一种力所能及的真实关怀。大妹在这方面做得比我们几兄妹都好。相比之下，二弟则做得要差些。三弟出事后，二弟也曾回过家一次。但他只会在母亲面前抱怨三弟愚蠢，说三弟这里没处理好，那里没处理好，结果被人下了套，身陷囹圄："他去跟三哥老灵这种人做木材生意——难道他不知道三哥老灵的为人？！"

母亲说："是你三哥老灵来求他的，来了好几次，上门来讨他，求他帮忙，说他饭都吃不起了。老三看他实在可怜，最后才答应帮他卖了那台木头，钱也当面数给他了。哪个晓得他那两个悖时崽还来要钱！"

"所以我讲老三就是蠢嘛！难道他不晓得三哥老灵那两个崽是整个盘村最刨皮的烂崽？！"

他来家骂了一天，回去了，没给妈留下一分钱。母亲当面数落他："你不肖，你只会骂人光！"

母亲后来将当时的情景一五一十讲给我听，我对母亲说：

"你也不要讲他不肖，他来屋就好得很了。他来屋，就算是很上心了。他们的厂，这半年都没开工，他还养着一大家人，他很不容易……"

母亲听了，又拿衣袖抹眼泪。

"你少哭点，眼泪水要是能救老三出来，我也愿意哭；但问题是，哭解决不了任何问题嘛！"

母亲说："我不是哭他，我是哭我这辈子命太苦……"

我知道母亲又要开始诉说她的不幸了——我外婆的早嫁（十三岁嫁人）、外公的惨死（被人诬陷入狱，惨死于外地劳改农场），母亲为爱情来到我们盘村，嫁给成分偏高（中农）的我父亲，饱受各种政治歧视和羞辱……

她的故事我听了不下几百遍，我不想再听了，赶紧把碗里的酒喝干，然后起身上楼去休息。

但我哪里能睡得着。

窗外依旧是嘈杂的虫鸣世界，还配有河流那永恒的喧闹。我想起往天在这样的时候，三弟总是在楼下陪母亲看电视，跟母亲讲笑话；但此时，他却被关在那个我们不敢设想的地方，而我为此整整奔跑了两周仍一无所获，看不到任何希望。

夜色愈浓，我终于忍不住又给徐开林打了个电话。我问他，像我弟弟这种情况，难道就一点办法也没有吗？徐开林说，你莫急，人进去了，总有一个程序要走，你急也没用。我说可怜我老母亲总是在流泪。徐开林说，那就只能靠你多开导她点，遇到这样的事情，不能太想不开。

稍后，我又给徐开林发去一条短信：

> 我弟弟的事情，表面看来，数额较大，案情复杂，但其实这里的问题并不像这个数字显示得那么严重。因为我们盘村地处大山深处，村民自古以来就靠林业为生，买卖木材是他们传统的谋生方式；所以，几乎每一家每一户都在买卖木材，但这些木材其实都是他们自己栽种的林用材（杉木）。以前国家没有法律法规限定他们买卖木材的数量，现在国家限定他们每次只能申请五个立方米的木材，这个数量其实只够他们修一个猪圈。所以，严格说来，盘村村民每家每户的木材砍伐量其实都是超标了的，如果纪委严格一点，可以把整个村的村民都抓起

来判刑。但为什么纪委没把这些人都抓起来呢？因为其他人没有被群众举报，而我弟弟被举报了。我觉得纪委也应该多下来做实际的调查，不能只要有人举报谁就抓谁。

等了许久，徐开林也没有给我回复短信。

我随即想到，他是不是有些厌烦我了？我进而自省：徐开林虽然是我高中同学，但除了几年前我们有过短暂的合作，平时其实并无很多交集，人家能这样对待我，已经很够意思了，我不应该再要求人家做得更多……

5

早上起来，天空中飘起了零星小雨，天气愈加寒凉了。

我打开行李包，取出一件稍微厚点的衬衫穿上。

母亲很早就起来了。她依旧坐在客厅门口梳头。我老远就能看见，她头上的白发突然增加了蛮多，虽然看上去也有另外的一种美丽，但还是令人心疼心碎。

不时有村人从门口走过，大家也还一如既往地跟老太婆打招呼——没人跟她提及沓子的事情。表面上看，似乎没有什么事情发生，但是，大家心里其实都很清楚，沓子进去了，老太婆的好日子也结束了。从前沓子每天早上都在这屋里屋外忙碌着，老太婆的脸上从不见有愁云。

"你想吃点哪样,妈?我给你做。"

从前我回家,都是母亲负责管理我的伙食,她知道我爱吃什么。现在,我想主动为她做点什么。

"我吃你带来的麦片。"她说,"冰箱里有粑粑,你爱吃你就拿来热了吃。"

我从小爱吃粑粑。

我问她是什么粑粑。

"苞谷粑粑,是上寨大嫂兰英送的。"她说。

大嫂兰英和哥[1]灯一直租种我三弟的一丘大田,那还是三弟在广东打工的时候就租给他们种的。三弟回家后,也不想种很多田,那田就继续租给哥灯和大嫂兰英种。开始的时候,他们分一半的谷子给我三弟,后来国家减免农业税了,农民也不用上粮了,三弟沓子就连那一半的粮食也不要了,收成全部留给哥灯和大嫂兰英。他们当然感激不尽。作为一种补偿,他们经常给我三弟家送这样那样的农产品礼物,诸如红薯、洋芋、苞谷、豆子等等,逢年过节时,他们还会送来几个粑粑。

我打开冰箱,取出两个粑粑,然后打开电磁炉。

粑粑很大,我只吃一个就饱了,另外一个留给还在睡觉的娇娇。

"一屋人都爱吃粑粑。"母亲自言自语。

我问她要不要吃一个,她说,不想吃,没胃口。

---

1 哥:"哥"和人名连用时,哥为敬称。

吃完早餐我又上楼去处理我自己的一些事务。虽然我经常处于闲云野鹤的状态，但作为一个在职的文科教授，我还是有不少的事务需要及时处理，尤其新学期开学在即，学校方面的事情还真不少。同时，我也还有一些社会事务，比如开学术会议之类。两个月前我接到一个电话，是省民宗局打来的，说有一个关于扶贫工作的电视学术对话会议，想请我去做演讲嘉宾。我一般很少出席学术会议，但打电话给我的是我的一个大学同学，她现在刚升任省民宗局局长，想要有所表现，所以特意请我出面帮她个忙。她说这个会议他们筹划了很久，也请来了很多国内外知名的专家和学者，她说为了给本省人争口气，不让外省人笑话我们的学术水平低，他们特别邀请我参加这次会议……我猜想，他们大概是冲着我多年前提出的"相对贫困论"来的吧，那是我二十多年前写的一部学术著作，都再版好多次了，在学界有相当大的反响。几天前，我那同学又再次来电话跟我落实出席会议的事情。我答应了她，但我不知道该去讲些什么。

我突然想到，我就去讲讲我弟弟的故事？！

但是，他们会让我讲吗？

我正在思考这个事情，琼英的电话就打来了。她说，沓子的案子已经正式进入司法程序，案子已经移交到检察院，无论如何，我们还是得再找一下薛涛检察长。

一听她说又要去找当官的，我心里就十分恼火。坦率地说，我这辈子从来没找过任何当官的朋友帮忙办事，连电话都没主动打过几次，这次为了弟弟的事情，快把我一辈子的清誉给毁了。

"嗯，晓得了。"我很不耐烦地说。

琼英估计也知道我心里烦透了，所以这段时间她其实也减少了给我打电话的次数。不过，她完全不打电话来的话，我心里也会着急。这之前，我侄儿兴茂给我打电话提醒我："大爹，三妈叫你带老弟去读书的事情你千万莫答应啊，这个事情搞不得咦！"我问怎么搞不得，他说："你想嘛，我满满都四十多岁的人了，万一被判个七八年，那三妈还会等他出来呀？他出来还能看到三妈呀？早跑到不知哪里去了……"侄儿兴茂的提醒的确让我大吃一惊。我心想，之前三弟媳多次提出要把侄儿兴旺交给我带，然后她带着娇娇出去打工挣钱养家的事，我一直没有答应，但也没有明确表态拒绝，之所以没有拒绝，是因为我心里其实还是有点支持琼英的想法的。就是说，万一三弟沓子真的被判了七八年，那我可能还真的得带着兴旺到省城去读书，然后让琼英带着娇娇去打工……但我实在没想到也许琼英会有跑路的打算。

侄儿的提醒，的确有点一语点醒梦中人的感觉。起码，我得把这个可能性考虑在内。所以，如果琼英好几天没打电话给我，我反而会主动打电话过去问她事情有何进展之类的话，顺便也跟她聊聊我这边得到的有关信息。

"你再不出来找人帮忙，你老三可能就要被人家拉到卡岭去了。"琼英在电话里跟我说。

卡岭是我们地区首府所在地。她的意思是说，如果我不去找人帮忙的话,沓子就会被重判,他也会被拉到地区劳改农场去服刑。

"他到那里倒也不孤单,"有一次她对我说,"那里有好几个被抓进去的官员都是我们这边的人,原来跟沓子也是蛮熟悉的,包括原来经常来我们家吃饭的那个镇林业站的站长。"

"有事你就找樊律师,莫要一天到晚喊我去找这个找那个,这些人有用吗?我找了那么多人,有一个是有用的吗?"我很不耐烦地说。

"你请来的那个樊律师是他妈的是个骗子!他说要下来带我去看沓子,说了几回都不来。当初我就劝你不要找他,你硬是不听,说他是你大学同学,不会骗你……现在打电话他不接,发信息他也不回……"

我实在没想到琼英居然也动了火,还第一次在我面前讲了流话[1]。她过去倒是经常讲流话,但都是在别人面前讲的,从来不敢在我面前讲。

我相信是这无奈的生活现实把大家坚守的最后的道德底线都突破了。

我粗暴地挂掉了琼英的电话,然后立即给我那当律师的大学同学打去电话。果然,他不接。我又发去信息,他也不回……我顿时感到血液在往脑袋上冲,我连杀人的心都有了。

一周前,在走投无路之际,我听信了路宏伟老庚的建议,去山河县面见了他的律师朋友江道云先生,他原是省内一家著名律师事

---

[1] 流话:脏话。

务所的著名律师，现已退休，在故乡山河县养老。在当面听取了我的叙述后，他建议我立即请一位好律师来处理这个事情："否则你会累死，而且做的全是无用功。"随即他给我推荐了这位姓樊的律师。

我没想到，这位姓樊的律师居然是我大学同学，尽管我们不同班也不同系，但同级，我们在学校时就有交集。虽然三十多年我们没有见面，但我依然记得他的基本轮廓。

"这个事，小事。你别急，老同学。我来给你摆平，很简单的事情，这个事情你找我就算找对人了……你们青山县法院的院长是我师弟，我们又是同乡，他肯定会给我面子的。所以，第一，我争取给你弟弟办理取保候审手续，出来先；第二，即便他们要判，我起码也可以争取不判实刑……"

在电话上得到他的轻诺后，我简直欣喜若狂；因为我怎么也想不到，那么难办的事情，在律师这里居然可以那么轻松就拿下。我觉得这也正验证了江道云的话："我们如果犯了法，首先应该找律师，而不是去找社会上的人。"仔细想来，真是这样。

我连夜驱车到省城跟樊律师见面，并隆重地请他吃了餐饭。琼英一直打算送给老布又被老布拒绝的那两瓶茅台酒也终于派上了用场。

几杯酒下肚后，我们连律师费用也谈好了。"老同学嘛，给你半价，就收两万元吧。"

我从未打过官司，我不知道这个价格到底是高还是低；但听他说打了半折，我心里还是很高兴的。

出于谨慎，我没有当即给他转账，而是返回青山县城就这价格咨询了好几个朋友，包括路宏伟的朋友江道云律师。他们说，这个价不算低，也不算高，在省城里算是个合理的行价，他没多收你的，但也没照顾你。

琼英自己也在青山县咨询了几家律师事务所，当地的价格倒是便宜很多，只要三到五千元左右，但他们不承诺能把沓子保释出来。

权衡再三，我最终还是决定把两万元打到樊律师的银行卡上。我对琼英说："现在找人办事太难了。关键是，我也实在没有那么多精力再去找什么人了。所以，如果这个姓樊的律师真能把老三保释出来，那我这两万块钱就算花得很值了。我们就赌一把吧！"

但我实在没想到樊律师会在这个时候给我玩起隐身术来了。

我不停地给他打电话、发信息，但都没有回应。那天我们在省城见面时，彼此是加了微信的，回来后我还在微信里给他发了很多关于我三弟沓子案件的信息，那时每一次发送信息他都是秒回，但这一次却毫无动静。难道他遇到了什么不测？作为律师，他是经常开车四处跑动的，这时候，我非常担心他出车祸什么的。

我还打电话给路宏伟的朋友江道云，问他如果我请的律师不作为我该怎么办。江先生说，那你就只有到法院去起诉他，叫他退回律师费了。

我一听脑袋又大了，心想，我这里的官司还没打呢，怎么又惹上了第二场官司啊！

一直到下午三四点钟了,樊律师才给我回电话,他说他家里有人去世了,他在老家料理老人后事,实在不方便接电话,很抱歉云云。我如释重负,同时嘱咐他早点到青山县城去见我三弟媳,落实一下办理取保候审的事宜。

他满口答应,而且一再表示歉意。

如此这般,我的心才稍稍安定一点。

随即,我手机显示出琼英发来的信息:"樊律师已经联系上我了,他说明天上午到青山来。"

6

傍晚时分,从公路上慢慢走过来两位老态龙钟的老太婆,她们都背着背篼,一路摇摇晃晃、慢慢吞吞走来,像两个被屎壳郎推动着缓缓移动的粪球。村口路头有人在看她们,却没人招呼她们。

一直到她们走到了我家门口,才被我母亲认出来,原来是我的两个姑妈。

她们是早晨从平墓大姑妈家出发的,一路走,一路歇气,十五里路,她们竟然走了一整天。

大姑妈八十六岁了,满姑妈七十四岁。大姑妈比我父亲大,满姑妈比我父亲小。我父亲如果还活着,这一年应该是七十七岁。

娇娇上楼去喊我,说大姑婆和满姑婆来了。

我赶紧下楼,一见到我两个姑妈,我的眼睛就情不自禁地噙满了眼泪。我说,你们这么大年纪了,怎么还走路来?你们要来,就打电话喊我去接你们嘛!我有车!

大姑妈说,我坐不得车,一坐车我就吐。满姑妈也说,我也坐不得车。

满姑妈嫁去的人家,还不在平墓街上,还得走十多里山路才能到平墓。我不知道她是怎么从那山谷里走出来的。

"我前天就来到你大孃家了,我在她屋歇了一夜。"满姑妈说。

我们这一带通常把姑妈称为"孃"。大姑妈我们就叫"大孃",满姑妈我们就叫"满孃"。

母亲一边招呼大孃和满孃进屋坐下,一边劈柴给铁炉子生火,又要烧水。大孃以为母亲要烧水杀鸡,就阻止母亲,说她这一向牙齿痛,吃不得鸡肉。母亲说,我是烧水给你们两个烫脚。"那还差不多。"大孃说。其实,烧水烫脚是大孃的常规节目,每次来到我家,她都会嘱咐我母亲给她烧水烫脚。跟我母亲一样,她也有严重的风湿性关节炎,痛起来的时候,用热水烫烫,会有所缓解;走远路之后,更需要用热水来烫才能缓解疼痛和疲乏。

"哎呀呀!终于得见我们屋里有火向了!"满孃在赞叹我们家新添的铁炉子。说起来,这还是满孃的功劳。因为去年春节她来给我们家拜年,发现我们家的新屋没有火塘,大家都挤在电火桶上取暖,满孃很不习惯,就对我三弟沓子说,你们家连火向都没有,明年我不来拜年了。沓子当时就笑着答复她,向火的事情简单,我马上给你落实。他当然没有马上落实,但的确是在不久后就把铁炉子从县城里拉来了,而且也安装起来用上了。铁炉子是节柴炉,非常实用,非常方便,我们家从此又有了"火塘"。虽然这"火塘"的温馨程度远不及过去的那种木楼火塘,但比起之前的电火桶来,那真有天壤之别。

母亲的铁炉子很快就烧起来了。两个姑妈坐在一边几乎不能再动弹身体。我从冰箱里拿出猪脚来砍,准备晚餐。娇娇在守候小百货店。

"老三的事情是咋个的?"大嬢终于开口问我这话。

"他去砍哥灵那台杉木,没办证,还超方了,这悖时的……"我简明扼要地说。

"讲是大鬼和烂药两兄弟去告他的?"满嬢问。

"不是他两个还有哪个嘞!"母亲气愤地说。

"本有根兜啊!"大嬢说。

"根兜"就是树根。大姑妈的意思是说哥灵家有不良的性格遗传。她当然知道,从哥灵的父亲,到哥灵,再到大鬼和烂药,这三代人在地方上几乎都没有良好的名声;尤其是哥灵,年轻的时候在山坡上调戏别人的婆娘,被生产队拿来批斗过好几回,后来他又殴打他父亲,几乎致死,因而他声名狼藉。

"你在上面总找不到个管火的人哪,弟?"满嬢对我说。

从小到大,从少到老,她一直叫我弟弟,从不直呼我的名字。

"人是找了蛮多……但的确都不管火……现在做事情难得很……"我吞吞吐吐地说。

沉默了片刻,大孃突然问:

"老三能回来过年不?"

我把砍好的猪脚用高压锅盛了放到电磁炉上去煮。

"应该可以……"我说。

其实对于三弟沓子这事的最后结果,我心里根本没一点谱。我甚至都设想过,他很有可能再也回不了家——就像我外公那样,他当初也只是被大队支书通知到乡政府去说明情况的。所谓的"情况",是一个村民被群众打死的事情,跟他本来没有丝毫的关系,结果到了乡里,他就被控制起来了,然后又糊里糊涂被人拉去劳改了,最后死在了劳改农场里……母亲多次对我说,外公是被村上的人故意陷害死的。不是因为他得罪了人,而是因为他太老实,他成了别人的替死鬼……沓子出事以来,从我的徒劳无功,到村人对这事讳莫如深的冷漠态度,再到琼英反复对我说要出去打工的事情,令我不得不想得更多。

水很快就烧开了,母亲将热水倒在我们家专门的木脚盆里,又兑以一半的冷水,再放些盐巴,就喊我大孃满孃去泡脚。

我大孃满孃就退下了鞋子挽起了裤脚,把脚伸进热乎乎的脚盆里。母亲说,你们一个人洗一盆嘛,咋个共洗一盆唷,怕我们地方没水呀!

"难得跟姐共洗一回脚,我们共洗算了。"满孃笑着说。

满孃说话总喜欢笑，无论家里出了怎样悲伤的事情，她也可以在流泪的同时瞬间转变为笑脸。

我母亲多次批评过她，但她就是改不了。

她们各自端坐在小竹椅上，脚伸进脚盆里，表现出一副很享受的样子。我母亲问她们水温如何，她们说刚好合适。

我小时候很喜欢给姑妈洗脚，也喜欢跟她们睡觉，她们总是把我宠得像个宝似的。大姑妈总是说："你公就是因为年轻时没有男崽，被寨子上的人欺负得头都抬不起来，想不到最后有了你爹，更想不到你爹又有了你们……""男女都一样。"我不知道从哪里学来的这句话，就这样对姑妈说了。大姑妈说："男女有时候一样，有时候不一样。家里没一个男人，很多事情就大不一样……"她这话说得我似懂非懂的。我听我妈妈说过，当年我公还没有生下我父亲时，我大姑妈去帮他犁田把牛，人家就在背地里议论我公：你田再多也没用，没有男崽你的江山以后都是别个的……

因为是高压锅，猪脚汤很快就炖好了。母亲烧水的铁炉子也空出来了，我把铁锅放在铁炉子上，倒入猪脚汤，再放进去一些豆腐和白菜，就打算吃晚饭了。

母亲一边招呼两个姑妈过来围拢铁炉子坐，一边盼咐娇娇烧香烧纸。娇娇就关了店门来烧香纸，我则给所有人都斟上了一碗酒。我大姑妈表示不能喝，母亲也不能喝，娇娇也不想喝，就只有我和满姑妈喝了。

满姑妈尝了一口，立即说："嗯，这酒好，你现在还能烤酒呀,大嫂?"我母亲说:"这是大妹烤的,我现在哪里还烤得动?!"我母亲年轻时候烤的酒是整个寨子里最好的,但这也直接导致我父亲的好酒贪杯,或许这也最终导致了他的早逝。

7

大姑妈和满姑妈一大早起来就在老屋那边跟老贵他们吵架,我听到他们吵架的声音很大,就赶紧跑过去劝解。

她们是昨晚就过去老屋那边住下的。她们说不习惯住窨子屋(水泥砖房),非要我把她们送到那边去住。结果,天还没亮得好,她们就被老贵他们修房子的机器声音吵醒了。她们就站在我家老屋的门口骂开了。老贵他们感觉莫名其妙的,一开始他们没认出来这两个老女人是何方神圣,后来才从她们所骂的话语里慢慢听出来,她们是我家姑妈。

大姑妈先是谴责老贵砍了我家的三棵大树,要遭到雷劈。"树长在我自己家门口,它惹你们了?挡你们了?你们凭什么来砍?你们来砍,经过了我们家哪个人的同意?"大姑妈开始是质问,后来见老贵他们不答复,就直接"挖他们家祖坟"了:"以前你爹经常骂我爹断子绝孙,你看现在是哪个断子绝孙?!你们家专门做这种缺德事,你们不绝,天理难容!"老贵现在只有两个女儿,政策又不允许他再生了,我大姑妈这话可以说是直接击打到了他家的痛处。

老贵终于出面来解释了,说砍大树是因为大树遮住了他们家,不方便施工;再说,按道理来说,是他们有田在前,我们有屋在后;而且他们砍树之前,也去征求我母亲的意见了,我母亲说实在一定要砍,就砍去……我大姑妈一听更气了:"唵!有田在前?那田是你家的?我跟你讲,这半边江山全部是我家的。土改的时候,都还落实在我家的,土地证我都得见过,上面写得清清楚楚。你讲田是你家的,你拿土地证出来给我看……"

老贵没想到我家还有这样一个能言善辩的姑妈,开始时他完全是懵的,后来看我姑妈气势大,又骂得刮毒,就有些沉不住气了,于是直接讲硬话了:"大孃,你莫要和我吵,好不?我修房子都是政府给批准的,手续都合法。你要不服气你就去找政府告我,你来这里骂人我是不高兴的。"

我大姑妈毫不示弱,立即反击过去:"我骂你你晓得不高兴啊?那你趁我老三不在屋你砍我家大树我高兴啊?你在我家祖田上起屋我会高兴啊?"

我赶到后,立即拉住我姑妈往里屋走。我说:"你跟他吵哪样嘛,大孃!他起屋、砍树,的确都让我们不高兴,但问题是,现在不是从前了,现在都解放了快七十年了,田也分落他家了,政府也允许他在自己家的田上修房子。怪只怪我们几弟兄不争气,要是我们有出息,早点在门口修房子,他就没机会了。"

大姑妈还是气鼓鼓的,还想再转回门口骂人,我拉住她不放。满姑妈笑着说:"我姐也得出一口气,他们那家人也是合该着骂[1]的。"

我把她们从后门带出来,准备走老孔桥回新屋。一路上大姑妈还在喋喋不休,说你们太让着他们了,那家人在旧社会一丘田也没有,他公是出了名的懒鬼。

到家后我煮油茶给她们吃。大姑妈还在生气,半天不说话。满姑妈却是乐呵呵地跟我母亲拉扯着家里的事情。

"土地证你还保留得有吧,宝?"大姑妈突然这样问我。大姑妈经常叫我"宝"或"宝崽"。

我说有,还保存得好好的。

我母亲说:"那个还有用咋个,姐?"

"咋个没用?那个是共产党发给我们的,盖了政府的大印的,咋个没有用?"

满姑妈笑着说:"你那个是老皇历了,人家早就作废了,你还想变天咋个,姐?"

我也对大姑妈说:"这个只能留着纪念了,大孃,应该是没用了。"

"有用。"大姑妈固执地说,"你可以复印吧?"

我说:"可以啊,老二老三保留的那几张都是我复印来的。"

"你给我也复印一张。"大姑妈说。

我满姑妈问她:"复印那个来搞哪样?"

我大姑妈说:"我要到阴间去告他们。"

---

1 着骂:方言,挨骂。

她这样说的时候,我们都不再说话了,连我那个总是忍不住笑的满姑妈也把脸阴沉下来了。

油茶煮出来了,我们一家人都爱吃油茶,尤其大姑妈,她从前总会评判我们家的炒米如何,苞谷如何,米豆腐如何,但这会儿她一句话不说。

直到快要吃完的时候,我满姑妈才说:"那边跟这边都是一样的,姐,你去告也没用。"

"没用我也要告他妈的一回,这些人太欺负人了!"大姑妈气鼓鼓地说。

8

快到中午,我二弟媳秋红带着她的孙子成成从县城赶回来了。

她说她知道大姑妈和满姑妈回家来后,她才特意赶回来的。我大姑妈问她是怎么晓得她们来屋的,二弟媳秋红说:"大哥在群里发你们来屋的照片,我就晓得了嘛。"

三弟媳琼英给我们的家人建了一个微信群,平时方便大家互通消息,过年时方便我发红包。这天上午我用手机给大姑妈和满姑妈偷偷拍摄了一组照片,发在了群里,目的倒不是为了告诉大家大姑妈和满姑妈回家来了,而是觉得她们年岁都很老了,给她们留个纪念照。我没想到二弟媳秋红会在看到这个信息后就回家来了,其实二弟媳有手机并懂得使用微信也才是最近一两个月的事情。她是从一个至今还完全讲侗语的侗族寨子嫁过来的,她刚来的时候连一句汉语也不会说,后来跟我二弟外出打工多年才渐渐学会了汉语,但讲得也不好,讲得很"夹侗",大伙常常笑话她。而她的孙崽又只会说普通话,所以他们之间的对话常常令人捧腹不已。我二弟经常骂她把娃崽的口音都教坏了,我倒觉得她讲话其实蛮好听的。

二弟媳是传统的侗家人,她总是按照老一辈人的礼节来对待人。比如我回家时她无论如何也要请我吃一餐饭,或者我离开时她总要在我的车子上放些土特产之类的做法,就是从前侗族人的规矩。不过这样的规矩在当下的很多侗寨都看不到了,除了某种特殊的习俗和仪式,大家平常的日子过得跟外面世界没什么两样。

二弟媳秋红还买来了一只猪脚,她说要炖来请我和两个嬢吃饭。那时候,我两个姑妈还坐在我家门口指指点点,她们已经在那里指指点点一整天了。所谓的指点,也无非是议论周围哪丘田或者哪块地原来是我们家的,现在又被谁谁谁霸占去了。

秋红教她孙子成成喊我两个姑妈:"这个是大姑太,这个是满姑太。"

"大姑太!满姑太!"那小子的嘴巴倒很甜。

我,他是熟悉的,就不用他奶奶教了,老远就喊我:"大公,我好想你唷!"

孩子六岁了，长得跟他爸爸一模一样。我记得几年前他爸爸兴盛也还是个孩子，被我二弟丢在老家，跟着我母亲过，二弟则带着我二弟媳一起到广东打工。我每次回家，都感觉兴盛特别孤单、可怜。他寡言少语，又身单体薄，像极了旧社会里流浪街头的孤儿。后来他跟我到省城读书，因为基础太差，追赶不上别的同学，不到两年就被迫退学了，然后跟他爸爸一起到广东打工去了。我一直担心这崽日后怎么才能成家。谁也没料到，他居然稀里糊涂地跟厂里的一个女孩好上了，而且还让女孩怀孕了。不过那女孩在生下这儿子后不久就逃跑了。去了哪里，谁也不知道。

"这是兴茂的崽？"我大姑妈问。

"兴盛的。"我说，"兴茂还没讨婆娘。"

"兴盛是大的，还是兴茂是大的？"大姑妈又问。

"兴茂是大的。"满姑妈抢答道。

"这班娃崽我总搞不清楚了。"大姑妈说。

"你搞不清楚光，我都搞不清楚啦。"满姑妈说，"莫讲这班重孙了，就是那班孙崽我都搞不清楚了。"

成成一到家就打开了我母亲房间里的电视要看动画片，我二弟媳交代我母亲看好成成，她准备回家去炖猪脚。我母亲说："你那猪脚等到明天再炖，我们昨晚才吃了炖猪脚，不能再吃炖猪脚了。我们这里有菜，你大哥在做菜，你就不要再做了，等下过来跟我们一起吃。"

二弟媳说："那也好，那我就回家去装点酒过来。"

我二弟和二弟媳生有两个男崽，大的叫兴茂，三十多岁了，还没成家，平时在县城里靠帮人粉刷墙壁讨生活；小的就是兴盛，目前跟着我二弟在广东打工。他比他哥哥听话些，就留在父亲身边。他哥哥兴茂原先也跟着父亲在广东打工，但人有点个性，跟父亲不大谈得来，就自己回到青山县城单干，成天骑一辆摩托车到处揽活干，倒也还能糊口。二弟帮他在县城买了房，算是有房有车（摩托车）了，但却一直找不到对象。去年据说跟一个女孩谈上了，几乎到了要结婚的程度。他妈妈以为这回应该能搞定，就回家来烤了好几百斤米酒，打算留给他结婚用；没想到事情最终还是泡汤了，他妈妈的米酒只好拿来卖给别人。酒卖了一年，还没卖完，她也不卖了，就留着给家里人吃。我每次回家，她都要给我装满几个塑料壶壶。

　　我下午杀了一只有七八斤重的大公鸡，一半用来跟黄豆炖汤，一半用来炒辣子鸡，另外还炒有一盘小干鱼和一盘素豇豆，煮了一大钵素南瓜，也做成了蛮丰盛的一桌子菜肴。

　　不一会，二弟媳提酒来到，我们就开始吃夜饭了。

　　二弟媳拿来的酒有五斤，但还是只有我和满孃喝酒——我们哪里喝得了那么多。

　　铁炉子的火烧得很旺，酒桌上的话也说得很热烈。大姑妈依旧为我们家处处吃亏的处境愤愤不平，满姑妈一如既往地拿大姑妈取笑个不停。妈妈一提到三弟杳子就流泪……我喝着酒，感觉到种种心累。窗外的蛙声还在聒噪，路边的太阳能灯则发出惨白的光辉。

9

第二天一大早,我两个姑妈又跟人吵起来了,不过这回骂的不再是老贵一家,而是我三哥老灵。

她们两个是怎么走到我三哥老灵家去的,又是什么时候去的,我至今也没有搞明白。但是,她们是真真切切地在我三哥老灵家门口骂开了。从我大姑妈的嘴巴里喷出来的话,哪里是一般人可以承受得了的。她一顿机关枪似的只管扫射,把三哥老灵祖宗八代都羞辱了好几遍:"你还好意思喊我做大孃啊?唵?你连你老弟都整,你还算是人吗?你以前打你爹,大伙没得哪个同情你爹,因为你是你爹生出来的胞衣崽,是你爹教出来的报应崽——果不其然,你后来也被你崽打了。我们盘村几千年了,还没出过像你家这样的胞衣货、刨皮货、烂货、烂人,你们一屋人都是烂货!恩将仇报的你们,报应还在后头呢,你们看着,你们等着,不是不报,是马上就到!你们要挨千刀,要遭雷劈……"

很难想象,一个八十多岁快九十岁的老人,居然还会有那么大的能量,她不停地跳起脚,吐着口水,用竹拐棍像指着罪犯一样指着三哥老灵的头。她像当年开批判斗争会的妇女主任那样,激情满怀地痛骂着,她的音质稀有且罕见,那声音在盘江河谷的上空回荡,让人佩服,让人惊叹,也让人感慨不已,连昨天被骂的老贵一家都不由自主地停下了手上的活路,立在自家屋边,静静地欣赏起这"看别人笑话"的一幕。很多人都诡异而会心地相视一笑。

我赶到哥灵家门口时,"批斗"还在继续。二弟媳拼命拉住大姑妈,以防她突然摔倒或晕倒。三哥老灵则泪流满面,一个劲地低声道歉……之前我已经听说了,在得知我三弟沓子被捕入狱后,三哥老灵亲自跑到镇政府去说明情况,并承认错误全部源于自己,一切跟我三弟沓子无关,他说要关就关他,不能关我三弟沓子,因为那台木头是他反复求沓子帮他卖的,而且沓子也给了他最高的价钱。如果政府要罚款,他愿意把全部的钱都退出来交给政府……尽管如此,我心里对三哥老灵还是没有半点的同情,我甚至曾偶发邪念,想找人狠揍他那两个刨皮崽一顿……

我把三哥老灵拉开,一直拉到他家后门那里,他全身发抖,又泣不成声,一句话都说不清楚。我叫他千万不要再出声了,否则会把我姑妈气死。我说要是我姑妈有个三长两短,你家人我一个都不会放过……然后,我回转身来把我两个姑妈拉回了家。我把她们连拉带哄诳到老屋二弟媳的家里,两个姑妈的心情也慢慢平静下来了。在二弟家的火塘间,大姑妈面前放着二弟媳端给她的一碗油茶,她正对着油茶默默出神。满姑妈则笑嘻嘻地吃着油茶。"先吃油茶多[1],管你三七二十八。"满姑妈笑着说。二弟媳随即把一碗热腾腾的油茶也恭恭敬敬地递到我手上。

---

[1] 多:黔东南方言中,副词"多"在表示动作次数等、时间长、程度深时的语法格式为"行为动词(+宾语或补语)+多"。

"你年纪那么大了，声音就不要那样高了嘛！"我边吃油茶边责备大姑妈。

"我就是老了，我要是还年轻点，我直接拗死他！"大姑妈还在愤恨不平。

"姐，你要再年轻二十岁，那老灵真不是你的下饭菜。"满姑妈嬉笑着说。

二弟媳也笑了。我没笑。我笑不起来。不知为什么，在大姑妈面前，我心里总有一种内疚感，我觉得我们几弟兄都活得很窝囊，都没有活出大姑妈的那种气节和气度来。我希望我们也能像大姑妈那样——不是说我们要去欺负谁，而是谁也别想轻易欺负我们。

"三哥老灵家只有他一个人在家？三嫂呢？"我问二弟媳秋红。

"他那些崽都到县城买房子住去了，他们就住在我们家楼上。三嫂到城里帮崽带孙崽，只剩下三哥一个人在屋光，才没人管他，他才喊没得饭吃。他那时候确实也没得饭吃了，才想到要卖那台木头。因为他要的价格高，卖了几年没卖出去，后来才来求老三买他的。老三想，才几根木头，就没去办证，哪想到被他那两个刨皮崽告了……"

"莫要去同情那些人，"大姑妈说，"你看他要死不活的，心里其实毒得很，有一回你爹差点着他整死……"

我爹差点被三哥老灵整死的事情我略微知道个大概，是我母亲告诉我的。大概是在生产队时期，他们在一起砍杉木，因为几句玩笑话，三哥老灵气恼不过，准备用柴刀砍死我爹，被一同砍杉木的

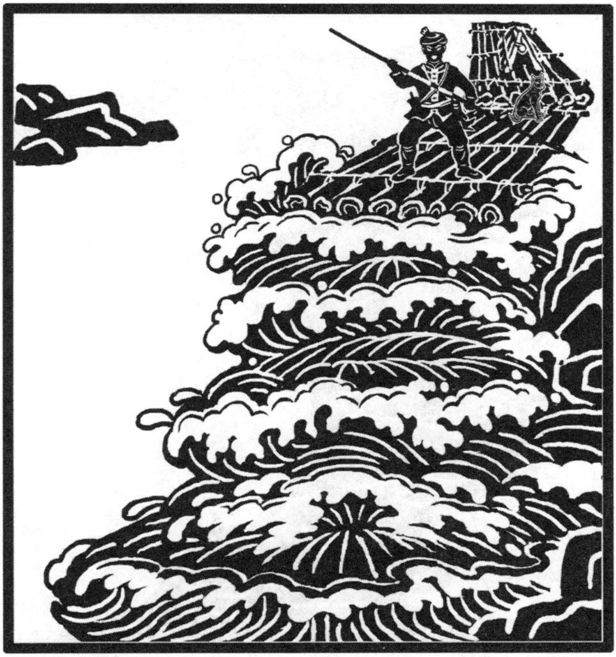

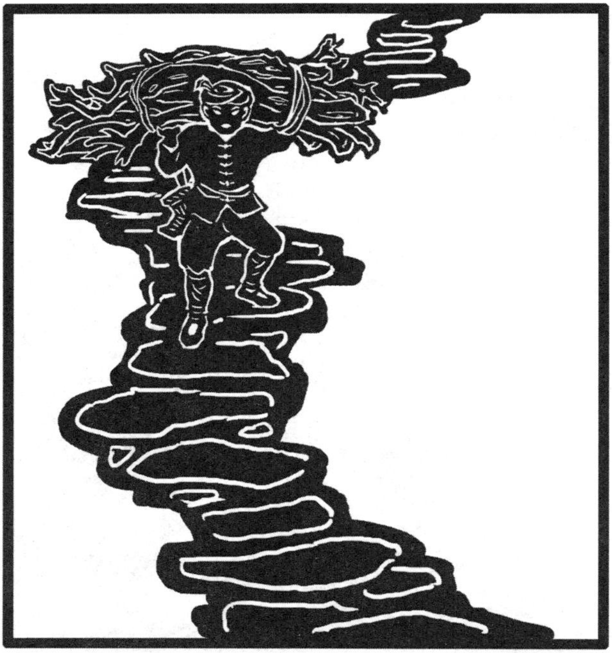

同村人及时发现,抱住了他,才没有酿成惨剧。

我们正吃着油茶,想不到三弟媳琼英和侄儿兴旺像风一样闯进家来了。

"大爹!大姑婆!满姑婆!二妈!"兴旺九岁上十岁了,很懂事,嘴巴也甜,他跟大伙一一打招呼。

看到他们,大伙都既兴奋又有点惊讶。我想起来,原来这天是周末了,他们是可以回家了。

"那孽障呢?"三弟媳琼英说,"我来晏一脚,早来一脚我踢死他!"

"你们坐哪个的车来的?"二弟媳秋红问琼英。

"我自己骑摩托来的。"琼英说。

"你买摩托了?"我问琼英。

"没办法嘛,大哥,每天要送兴旺读书,又还要上班,还要这里跑那里跑,我实在无法了,只能买一个摩托了。"

"你没驾照,怎么可以开?"我问琼英。

"我刚办了一个。"琼英说。

"这个不比骑单车,你要小心点。"我说。

自从三弟出事后,我心里一直绷着一根弦,就是担心"祸不单行"这几个字会变成现实。

"我妈拐弯都不晓得刹车。"兴旺说。

"不是不晓得刹车,是还不太熟溜。"琼英笑着说。

"拐弯要提前减速,这个你千万大意不得啊!"我说,"兴旺最好还是坐别个的车来,你暂时莫带他。"

"没事,大哥,我会注意的,我也不笨。"琼英说。

吃过油茶,二弟媳说要给我们搞饭吃。我征求大姑妈和满姑妈的意见。她们说,随便在哪家吃,但现在要出去走走。

我就领着她们往老孔桥这边走,兴旺和琼英则走小路先回家。

走到老屋背后,我们看到一处破烂的木房子,大姑妈就说,这个是哪个的屋?怎么烂成这样了也没人管?

我说这个是家衣的房子,他家也是因为砍木材的事情,最后搞得家破人亡、妻离子散,好可怜。

十多年前,家衣的大儿子老富到福建打工,在去菜场买菜的路上被当地人的小车撞死了。对方既不道歉,也不打算赔偿一分钱,事情全部推给警方,然而警方又迟迟不给说法,拖了一年多,还是没一个处理意见出来。家衣就决定卖掉自己的一台杉木,到福建去打官司。不承想,木头刚卖完,官司还没去打,青山县的警察就上门来了,带走了家衣的二儿子老勇,卖木材得的钱也被没收了,老勇还被判了三年的徒刑。老勇服刑没多久,家衣就去世了,这房子就这样空了下来。老勇出来后,觉得无脸见人,也不回家了,现在楠洞乡场上靠卖肉为生……

"你说的家衣就是那个帮人打针看病的赤脚医生?"大姑妈问。

"就是他。"我说。

"妈咦!造孽唷!老天爷咋个那么没长眼睛唷!这么好的人,

咋个要逼死人家唷！"大姑妈说。

走到我家门口时，大姑妈把我拉到一边，悄悄对我说：

"有个事情我想跟你讲，又不好跟你讲，弟。"

我问："什么事，大嬢？你讲。"

"你哥正屋头的一个哥，也是因为砍木头被政府捉去关了三年；等他回转来，婆娘也跑了，老者[1]老妈也死了。他现在成天在家坐光，哪个人喊他都不答应。我估计他可能是变癫子了吧。你晓得有哪样法子救他转来不？"

大姑妈的话让我大吃一惊！她说的哥正就是她的大儿子，也是我的亲亲表哥。

"那这样子……就麻烦了……"我说，"这个情况政府晓得吧？"

"晓得，他们有人来看过几回了。"

"造孽！哎！都是为了这点木材啊！"

"是这样咯！所以以前老人家讲，人为财死，鸟为食亡。讲得一点都没错。"

这天的中午饭我们没在二弟媳家吃，是在三弟沓子家吃的，因为老妈在这边，她行走不方便，二弟媳秋红就把炖好的猪脚用盆子端过来了。

吃饭的时候，大家又说起沓子的事。三弟媳琼英突然就当着我的面跟我妈妈说了一句话：

"大哥不得力！人家老布喊他去找人，他就是不去找，成天只

---

[1] 老者：方言，老头子的意思。

晓得打电话光,现在这个社会,光打电话管屁用!"

这话我当然很不爱听,但我忍耐着,不想跟她争辩。

"要是沓子被判到三年以上,还得交罚款,那我就带娇娇出去打工,罚款我是不会去交,就当他是在里面给我们家打工挣钱。"琼英边说边流泪。

一家人没了欢颜。大姑妈早晨的那种英勇气势,此时也荡然无存,完全地烟消云散了。

琼英又说:

"我现在在幼儿园上班一个月才有一千八百块钱,每个月扣房贷就去了一千六百元,剩下两百块我连房租都交不起,我那房租每个月要八百块……"

越说她眼泪越多,满姑妈也跟着她抹眼泪。

"哎,现在这些人啊,个个都去惦记这点木材,难道除了这个木材就没活路了?"大姑妈说。

"在这山旮旯地方,不搞木材还能搞哪样?"琼英说,"搞哪样都没的钱,种田你就是种到死也变不来钱。"

"那我们以前的老人家又是咋个活过来的?"大姑妈说。

"以前的情况和现在的不同呀,大嬢!以前的娃崽不上学,以前的人生病也不去住院,现在光娃崽上学和生病住院这两项,就可以把人压死。"

大家就这样你一言我一语地说开来,满满一锅菜,都不怎么见人动筷子。

10

午饭过后,二弟媳秋红说要去乡场看香婆[1]。她说她这一两年来总是灾星不断,所以想去看看是什么鬼缠着她。我母亲就说,那你顺便也帮我老三烧两个蛋,他今年也是犯关煞,命该有一难。以前我叫他去烧蛋,他不肯听我的,所以才有今天。

秋红就把孙子交给我母亲,自己背着一个背篼坐村人老海的面的车走了。

两个姑妈继续坐在三弟沓子家屋门口闲聊,除了三弟沓子的事情,她们还有很多话题可聊。比如现在肇王他们家新屋的位置,原来是我爷爷的老宅基地。我爷爷的房子是一栋在当地极为罕见的豪华四合院木楼,我的两个姑妈在那里出生,也在那里长大;所以她们回忆起那栋房子来,就有说不完的话。

其实我小时候也见识过那栋神奇的老屋,不过那时候那房子已经不再是四合院了,两边的厢房已经被拆除,只剩下一栋完整的主体木楼了,而且产权也不再属于我父亲——生产队将它没收来做了造纸厂。我小时候不懂得其中的奥秘,还老跟同龄的伙伴在那造

---

[1] 看香婆:又叫看香,侗族民间的一种迷信活动,当人总是遇到各种麻烦时,就认为是自己在什么地方得罪了阴间的鬼魂,需要找香婆"走阴"询问,然后请香婆烧蛋解除麻烦。

纸厂里躲猫猫捉迷藏。那房子给我印象最深的是它有着巨大的门柱和复杂的雕花，门前水田边还有着精致漂亮的青石花街。我满姑妈说："房子前面的水田原来不是水田，原奕是一个大院子，那院子里镶满青石板花街。院子左右两边各有一个厢房，我们小时候就住在右边的厢房里。厢房的窗子下有一个大圆洞，解放军过路的时候，我们就从洞里伸出脑壳看他们……"

"那时候你公经常在院子里打拳……你奶在屋里纺棉花……"大姑妈说。

她们的这些话其实我也听过多次了，但每次听，都有新鲜感。

讲着，聊着，她们就穿起瞌睡[1]来了。秋日的阳光暖暖地照耀在大地上，不时有打谷的村人从我们家门前经过，来来去去，忙忙碌碌。我不再打扰姑妈们的好梦，自己上楼去看电脑、看手机、回复微信里的信息。

母亲和成成在堂屋里看电视，说是看电视，其实他们也已经睡着了。鸡不知道躲在哪棵树下打鸣，有一声无一声的，像是人在极困时想睡觉而打出的大哈欠。娇娇在睡觉。琼英则忙着洗衣服，她要把一个星期里积攒下来的衣服全洗了，工程相当庞大。

直到妹夫老秀和大妹的摩托车声音在我三弟家门口突突突地响起来又安静下来，所有人才从各自的疲惫和梦境中苏醒过来。

"大姐、哥秀来屋啦！"

最先发现大妹和妹夫的当然就是琼英了。她招呼一声，然后

---

[1] 穿瞌睡：方言，打瞌睡。

赶紧过去接大妹和妹夫手上的大包小包：一只鸭子、一大壶米酒，还有一袋糯米和红薯。鸭子是拿来给大伙做晚宴的，酒是给我的，糯米和红薯也是给我的。准确地说，糯米和红薯是拿给橙子和婧云的，她们是天底下最爱吃糯米和红薯的人，我每次回家，妹妹们都要我带些给她们。

"糯米、红薯和酒，直接拿到大哥车上去。"大妹对琼英说。

我闻声下楼，恰好赶来打开车门。琼英就负责帮我把东西全部放到后备箱去。她再回到厨房间时，妹夫老秀就交代她生火烧水，准备杀鸭子。

大妹一到家就一直在找妈妈、大姑妈和满姑妈说话。妹夫老秀负责杀鸭子搞饭菜。琼英当下手，负责洗菜之类。我回到楼上写我的那个扶贫会议发言提纲。

到傍晚时分，一家人又围着铁炉子吃起了晚饭。看到这情景，我母亲又流泪。兴旺也流着泪问我："大爹，我爸爸什么时候才能回来？"我说："过几天就回来，你不要哭……"

大妹就说："你去找一下秀海，他虽然在地区当工商局局长，但人缘蛮好，县里的领导他都认得，我们寨子上的好几个人都是他救出来的。"

我就直言找当官的人很不靠谱，我找的人比秀海能力大多了，也都打了电话的，但没有用，现在是纪委在督查案子。

"那你咋个搞？总不能眼睁睁看着老三落难嘛！"大妹说，"要不我们几兄妹凑点钱？再咋个，我们也要想办法救他！"

"我给他找了最好的律师……"我低声说,"现在不是有钱就能解决问题。"

"大哥,我正要跟你讲,你请的那个律师有卵用!"琼英很气愤地说,"他妈的,他那天讲要来青山,害我等了几天,没来,打电话给他,不接;发信息给他,不回。这是什么狗屁律师嘛!最起码,你要下来了解一下案情嘛!从他接手这个案子,他只来跟我见过一次面,就是来跟我签委托书那次。他带了几个人来,我好酒好肉招待他几爷妈,服侍得他几爷妈舒舒服服的,但叫他带我去看看老三,他妈的他说有事,忙,没空,下次再找时间来,结果再也不来了……"

"那天他不是答应得好好的吗?"听琼英这么一说,我也感到非常气愤。我当即给樊律师打电话,果然,这家伙又没接。

此时我真他妈的连杀人的心都有了!

母亲、大妹、妹夫,还有琼英,都说没必要请律师,说我们这地方的人打官司,从来没人请过律师,说现在的律师其实都是骗子。

"按道理,打官司就是要请律师。"我还是坚持己见,"起码,律师可以去见老三,我们家属是见不了的。让律师去安慰一下老三,说我们在救他,免得他着急,也好。"

"问题是你请来的这律师,连我的面他都不见,他哪里还去见老三嘛!"

听琼英这么说,我突然想到,大概是我们没给律师小费,他才这样傲慢的。因为之前我问过樊律师，除了那两万元业务费外还需不需要其他费用。他只含糊其词地说，没有其他费用了，无非就是到时候我的助手下去，吃点饭呀什么的，费用不多。

母亲说：

"你那钱是花冤枉了……我要晓得你去请律师，我不会让你去的。咱们村老森老凡他们几个进去，哪个去请律师了？人家不是照样出来了！"

琼英说：

"大哥是港台电视剧看多了，以为我们国家也像外国那样，一打官司就请律师！"

对于琼英的话，我当然很反感，但我强压心头的怒气，装着很平静的样子说：

"我当初要请这个律师的时候，也是跟你商量了的。我说我们都晓得他讲的话未必可靠，但也未必没有可能；所以我们就当作是赌博，赌他妈的一回，就算我赌输了我也愿挨……事情到了这地步，我也觉得是上当了，但也不要完全否定律师的作用。老三这事最后如果真要上法庭的话，也还得有人去帮我们讲话……现在莫讲这个了，大家喝酒、吃菜……"

这一餐夜饭，吃的人很多，但也还是只有我和满孃喝酒光，没人陪我们喝。妹夫老秀本来是能喝酒的，但他说他吃了夜饭还得带着大妹赶回去，因为家里还有事情。我问他们家里有什么事情，开始他们不说话，后来被我逼着问，只好实话实说："老者生病了，一个人在屋光,我们不放心。"

我说:"那你们还过来搞哪样?吃了饭快转去,那是大事,大意不得。"

11

直到很晚的时候,我才接到樊律师发来的微信。他说,很对不起正安兄,一直在外地办案子,不方便接电话,你弟弟的取保候审手续没办下来,我们只能争取下一步不判实刑了。

随即,他给我发来了一个青山县人民法院关于沓子盗伐林木案不予取保候审的通知书,理由是不符合《中华人民共和国刑事诉讼法》第六十五条之规定的取保候审条件。

我立即把这信息转发给琼英。琼英随后上楼来找我:"大哥,你睡觉了没?"我说:"睡了,什么事?"琼英说:"你应该跟这个狗屁律师终止合同,然后跟他退钱。哪怕退一半也可以,退一半我们也还可以到本地请一个好律师。他妈的这人纯粹是个骗子……"

我说:"这事明天再说。"琼英就不再跟我说话了,但我还是听到她念念叨叨地走下楼去。

第二天一早,琼英在大门口拦住我,跟我说:"他要同意退钱,就马上跟他终止合同。到目前为止,他没有来问过一句关于沓子案子的事情，他凭什么来当我们的律师？"我说："我昨晚仔细想过了，这钱还不能退。就是说，退不了。第一，他是个老流氓，他不会轻易退钱的；第二，我们没精力再去跟他扯皮；第三，就算他愿意退一半的钱，你要晓得，青山县法院的院长的确是他老乡，他请他老乡关照沓子未必得行，但请他不关照沓子却是轻而易举的事……所以我想来想去，觉得这事情就这样算了，随便他怎么搞。回头我们再去找老布商量，看看还去找哪些人……"琼英说："我早就跟你讲了的，老布是有经验的人，应该多找人家老布……"

我摆手示意她不要再讲了，我明白了。她虽然没再往下讲，但却没有丝毫离开的意思。我问她还有什么事。

琼英说：

"这个月又到交房租的时间了，房东昨天催我们交房租，我不晓得去哪里拿钱来交。"

我一听脑袋就大。为了三弟沓子的事情，我跑上跑下，包括请律师给的两万元，我已经前后花去了好几万元，这几乎是我能够承担的极限。我当然也还有点积蓄，但钱都在橙子手上，我需要的话，得去跟她商量，那事情就变得复杂了。我相信真需要用钱的时候，橙子也是会通情达理的，但我们自己需要用钱的地方也很多，我不想给橙子出难题。

思量了许久，我决定去找二弟媳商量，希望她能同意琼英和兴旺暂时住到他们家去，先熬过眼前这段艰难的日子，等沓子的案子尘埃落定后再说。

吃早饭时，我就把这想法跟二弟媳秋红提出来了，没想到她很爽快地同意了。她还说："我们没能力帮老三做哪样，这时候她两娘崽过来跟我们搭伙住，也算是我们帮了他一点点……"我说，这不是帮了一点点，这是帮了大忙。

我随即安排琼英他们下午就回县城搬家。

琼英也同意了。琼英这天也是要回去的，她还在幼儿园上班，星期天她必须回到县城。

二弟媳秋红说她那孙崽成成有点拉肚子，她不敢大意，也得回县城去打针吃药。

恰好村人老海的面的车下午也要拉客去青山县城，我就叫他们都坐那面的回青山县城去了。

他们一走，我两个姑妈也提出来要走。我说你们难得来屋，来屋也难得遇到我，就多歇两晚再走。

她们说，去了，在这里"高鸟"你们得很。

"高鸟"是盘村地方话，意思是操烦[1]和打扰。

我说你们如果一定要走，我就开车送你们回去。两个姑妈的脑壳立即摇得像拨浪鼓，说再好的车我们也坐不来，脑壳晕，宁可走路。

她们就把背篼背上了。她们来的时候，背篼里装有两包糖和几个苞谷粑粑；回去的时候，我母亲也打发了她们两包糖，但没有苞谷粑粑。

1　操烦：方言，麻烦的意思。

我就送她们到大孔桥那里,然后目送她们远去。我心里很清楚,大姑妈这次来家,很有可能就是她最后一次回到故乡了……看着她们摇摇晃晃的背影,我的眼泪又不自觉地涌了出来……

回到家时,我看到母亲一个人孤独地坐在家门口,就对她说:

"妈,你也好好休息一下吧,这两天她们来吵死你了。"

母亲没有说话,只是抹眼泪。我说:"你又怎么啦?脚又痛啦?"

她还是没有答复我,只是拄着拐棍,往屋里慢慢走去。我过去搀扶她,问她到底哪里不舒服了。

她说:

"我没有哪里不舒服,我是可怜你,你爹死了这一二十年来,你这几个弟妹都拿你当爹了……"

12

把主人和客人都送走了,我便回到楼上我的书房里睡了一觉。自从三弟出事以来,我没睡过一个踏实的午觉,但这天我终于睡着了。

不知睡了多久,我在迷迷糊糊中,听到有人在跟我母亲说话,但我懒得起身去招呼。

后来那说话的人走了,我才慢慢下楼,问母亲刚才在跟谁说话。

母亲说,是搞电商的,来安装摄像头。

她站起来,指给我看。我抬头一看,家里的店子门口上方,果然多了一个摄像头,而且,店子里还多了一台电脑和一张电脑桌。

母亲说:

"沓子没出事之前,他去县里参加过电商业务的培训。现在他进去了,人家问我沓子在哪里,我说在县城。他们问在县城搞哪样,我说在县城做活路。他们又问我沓子好久才转来,我说那我不晓得……"

又说:

"他原来还是镇里的计划生育宣传员,每个月都要被喊去开会,每个月也有八百块钱。这一次喊他开会,我就叫琼英去帮他开。镇政府的人也晓得他出事了,也同意让琼英去替他开会,开会才得钱,不开会就不得钱……"

我不知道该怎么搭母亲的话,就装着在看手机。母亲又低声对我说:

"村里有人放出话来了,说要找人代替沓子……"

我说:"那你莫去管那么多了,你随人家咋个搞。人家要找人替沓子,那也是对的;毕竟沓子犯法了,进去了,不能履行职责了。"

一辆货郎车不知道从哪里开来,停到店子门口,车子也不熄火,发动机的轰鸣声压住了所有的声音,我和母亲也不能说话了。

那货郎车的喇叭在反复播报着所售货物的名单。车子的主人大声喊：

"沓子，来一包烟！"

我母亲走过去，问他要什么烟。

那人说：

"是你在屋，孃？你沓子呢？"

母亲说：

"他没到屋。你要哪样烟？"

"来一包精装黄果树，孃。"

母亲把烟递给那人。那人又说：

"咦！你们家搞电商了？那不得了啦，生意越搞越大了。"

有人来买东西，那人就忙他的事去了。

我走进母亲房间。我的本意是想看看母亲屋里还有没有水果，没有的话，我再给她买一点，因为货郎车上有香蕉和葡萄。

见母亲的房间里还有香蕉和苹果，我就不打算再买了；但看到娇娇还在屋里睡觉，我心里就有些不高兴。不过这次我没喊她。

我走到堂屋，在母亲常坐的沙发上默默坐了一会。

后来货郎车走了，我就对母亲说：

"妈，你可以叫娇娇顶替她爸爸去学电商嘛。"

母亲说：

"我这样跟她讲了。"

我问：

"她答应去吧?"

母亲说:

"她答应。"

突然,有一束阳光射到照壁上,使我顿时感觉世界明亮了许多。我赶紧走出门来,看到暖红的夕阳正照耀着整个盘江河谷,盘村的木楼山寨一派金碧辉煌,甚是美丽。我立即打开车子后备箱,取出我的航拍无人机,开始航拍我的故乡山水。

我把无人机升高到最高限度的五百米,故乡世界美丽异常——那连绵的群山,那丰茂的林木,还有那金黄的稻田,在万道金光下成了一个色彩斑斓的梦幻世界。

第三章

1

我从故乡盘村出发,驱车前往一个叫云山市的小城,全程四百多公里,我中午十二点钟出门,下午四点钟就到达了。

我直接用手机导航到了希尔顿酒店,那是云山市最好的一家酒店,五星级,很豪华。我的大学同学赵素芬在酒店门口等我,她现在的官职是省民宗局局长,正厅级。

大学毕业后,三十多年了,我们没有再见过面,彼此变化的就不仅是职位和级别了,还有体型和其他。

"欢迎欢迎,热烈欢迎我们著名的彭正安教授的到来!"

她站在酒店大门口,远远就把我认出来了。我想这恐怕源于我近年来多次在媒体上露面。

但我却没能一下子把她认出来——直到她张开双臂,走到我面前来要拥抱我了,我才把眼前的这个小巨人跟三十年前的那个小胖妞联系起来。

三十年前的赵素芬,虽然略胖,但还算得上是个小美人。客观地说，当时我对她还是很有好感的。虽然她也是在城市里长大的，家庭条件也算比较优厚，但她并不像其他城里人那么歧视我们乡下人。因为都爱好文学，所以我也曾一度暗恋过她，但出于天生的自卑，我没有对她有过任何的暗示，更谈不到表白了。毕业后她分配到了她父母所在的地区小城，开始是在地区民宗局工作，后来调到一个县当副县长，接着一步一步升任县长、县委书记和地区区委书记，最后坐到了省民宗局局长的位置。从世俗意义上讲，她算是我们班目前职务最高的一个。

我没有跟她拥抱，我只是伸出手去跟她握了握。这未免有点使她尴尬，但我想我这样做是对的。我不喜欢像电影里的某些明星那样，见谁都亲热拥抱，我觉得人跟人之间还是保持一点适当的距离为好；同时我想，这对我或对她来说其实都是一种保护。

毕竟是见多识广的人，在略显尴尬之后，她立即热情地把我介绍给其他的会议组织者。

"久仰久仰！"大伙跟我一一握手。然后有人把我带到酒店大厅报到并登记入住。

"白桦林来了。"在我拿到房卡之后，赵素芬悄悄对我说。

我知道白桦林是央视著名的主持人，据说出场费要上百万，我想不到他们居然把他给请来了。

"那谁来了吗？"我问。

"你是说汪丹？"

"嗯。"

"她没来。原来答应来的,后来临时有事,来不了了。"

"你们请这些人要花不少钱吧?"

"该花得花。"

她亲自把我送到我的房间。打开门一看,我的天,他们居然给我安排了一个豪华套间。

"太奢侈了吧?"我说。

"你们都是特别嘉宾,接待的规格是一样的。"

我放下行李,走进盥洗室去洗脸。赵素芬就说:

"那你先休息一下,我住在Ａ8038房间,等下你上来我们聊聊。好多年不见了,你还是老样子,没怎么变;但我就看不成了,变成老太婆了。"

洗漱过之后,我换了一件衣服,又从箱子里拿出一本最新版的《相对贫困论》,签上名,打算拿到楼上Ａ8038房间亲自送给赵素芬。上楼后,我去敲门,她居然不在房间里。

我打电话给她,她说她正在跟地区的蒙书记和罗州长一起看望远道而来的客人,她让我先休息,并说等下一起到二楼吃饭。

我刚回到房间,就接到琼英打来的电话,她说她今天跟老布一起去看守所看望沓子了,也拿了一些衣服和钱给他。他在里面的情况还算好,因为有老布的关照,他们没有太为难他。但是,据办案的人说,还有人在继续告沓子的状,他们举报说沓子无证砍伐的木材数量远远不止一百多方,还有好几台木头都是超方了的……琼英说,看来这个举报的人是想要置沓子于死地……

接了这样一个电话，整个下午我都不可能再安心休息了。我想到，举报的人也许真的不只是大鬼和烂药两个，再联系之前琼英的分析，我觉得现在仿佛真的是整个盘村的人都在举报沓子。我一时间甚至开始怀疑他们的目标根本不是沓子，而是我。

但是，我不明白的是，我又在哪里得罪了这些人呢？

之前琼英曾跟我分析过，说沓子去年申请当村干部，虽然最终没能如愿，但无形中有了很多对立面，那些人是很担心沓子会卷土重来的，同时他们也很忌惮我的名声……

我越想越觉得这事情太复杂，复杂到远远超出我的想象，使我顿时有一种即将被最后一根稻草压垮的感觉。

好在这时橙子也给我打来了电话。她先问我沓子这边的情况怎么样，我说你先讲你那边的情况吧。于是她说：

"我已经把照料父亲的事情交托给四弟了，四弟和四弟媳照顾老人也比较有耐心，这事就算是暂时得到了比较妥善的解决。但母亲的情况就很不乐观，她血压高得吓人，每次测量的结果，高压都在二百一十汞柱以上，低压也在一百三十汞柱以上。她天天喊头疼，却又不肯按时吃药，真不知道拿她怎么办！"

我问橙子：

"这些情况你有没有跟老二他们讲过？"

橙子说：

"讲过，但他们不以为然，没把这事情放在心上。"

沉默了一阵，我说：

"这个事情你继续跟他们沟通，实在不行，我们把你妈妈带走。"

橙子说：

"我妈妈要是愿意跟我们走就好了！问题是，她是不可能同意跟我们走的。她的思想你不是不知道，她就是不想死在外面……"

沉默一阵后，我就给橙子简单汇报了我这边的情况。橙子听了后就说：

"你也要注意身体，不要太过分焦虑操心了。你马上就要上课了，你得保证安全回到学校上课。"

我说："我知道，我这里你放心，你自己照顾好自己就行，我过两天就去接你回家。"

打完电话，我并没有长舒一口气，我感觉生活的压力越来越大。客观而论，我并不是一个容易被生活的压力压垮的人。我来自社会的最底层，我有着非常强的抗击打能力；但是，现在我真的感觉很累了。

根据会议的安排，晚上我们所有来宾统一到酒店的二楼餐厅吃饭。我有一个专门的联系人，是个姓李的女大学生，她是作为志愿者来为会议服务的。早在我被邀请出席会议时，她就加了我的微信，今天她一路给我"指示"，我也正是按照她的"指示"来到会议报到地点希尔顿大酒店的，所以其实我下车后最先见到的人是她。这之后她不断在微信里提醒我什么时候吃饭，什么时候有什么活动，在哪里等车，坐几号车前往，等等，不厌其烦。

餐厅里的餐桌上都立有名牌,我对号入座。但我发现后来吃饭的客人并不多,我这一桌只有稀稀拉拉不到一半的人。我问旁边一位同来开会的嘉宾这些人都到哪里去了。嘉宾低声说都另有安排了,特殊接待。

赵素芬说好要来陪我吃饭,可最终我也没见她的身影。餐桌上摆满了各种特色酒菜,极尽豪华。

服务员拿着分酒器,低声问我要不要喝酒。我问是什么酒,服务员笑着说是本地土酒。我说那就喝一杯吧。结果我一喝,发现那酒有着茅台才有的醇正香味。

我们这一桌一是人少,二是彼此都不熟悉,于是大家都是默默地随便吃了点就走人。但隔壁几桌的喝嗨了,不停地喊服务员加酒。"你直接把酒瓶拿给我,你这个分酒器太小了。"有人这样说道。还有人唱起歌来了,一曲唱罢,桌上的人随即发出呐喊声。

我独自走在酒店外面的步行道上,这才发现,这酒店是建在一个大湖边上的,占地面积很大,周围绿化得很好,环境又幽静又美丽,空气尤其清新怡人。我心想,如果中国人都能住在这样的环境里那该多好。

我回到酒店,发现手机里有不少未接电话和短信,我一一做了回复和处理。大多数短信和电话都是询问我三弟沓子一案的进展情况的。有些人出了很详细的主意,要我去找谁谁谁,说那些人是可以帮助办事的。客观地讲,我对这些信息已经很反感了,我不想再相信这些了,尤其是在遭遇了我的大学同学樊律师的欺骗之后,我似乎对所有人都失去了信心。

在几个未接电话中，我选择了琼英的电话打了回去。她说："我们姑妈的孙子，叫老奎的，不晓得你还有印象不？他现在地区监狱工作，他要你给他打一个电话。"

我说："好，我知道了。"

我犹豫了一会儿，最后还是打了这个电话。

"你是正安舅舅吗？是这样的，我听讲沓子舅舅出了点事，这个事你不要着急，我在县纪委有熟人，我把他电话给你，你直接去找他，他会帮你处理这个事情的……"

事情就这么简单？难道真的是柳暗花明又一村？

我心里一阵激动，但想想这几天的经历，我很快又冷静下来。我直接问老奎：

"像办这样的事，全部下来需要多少钱？"

老奎迟疑了一下，说：

"具体需要多少我也不大清楚，但吃点饭送点酒的钱总是要的，其他的你自己看情况吧。我想你那么大的名人，人家也不好意思收你的钱吧。"

我就说，好的，我试试看。

但我没有给老奎的朋友打电话，我知道这个电话是打不得的，说不定这又是个地雷。

我给老同学赵素芬打了一个电话。我问她在哪里，还有兴趣出来喝一杯茶不。

我心想，如果她愿意帮忙，她给我们青山县的相关领导打一个电话，说不定还能有点用。

她回答说醉酒了，已经睡下了，不想出来了，明天见吧。

2

一大早起来，我收到这样一条信息：

尊敬的彭正安教授：

今天早餐时间为八点，就餐地点在希尔顿大酒店负一楼西餐厅。您今天上午的活动为民族文化与精准脱贫观摩，观摩地点为陡坡塘苗族文化园、米亚箩布依文化园、高山彝族文化园，请您于九点前在希尔顿大酒店门口乘车，午餐地点在米亚箩半亩方塘酒店。下午的活动为在海葩会议中心参加民族文化与精准脱贫研讨会。晚上的活动为在海葩彝族火把广场参加火把节狂欢夜。若有任何需要，请随时联系我。

温馨提示：9月12日，本地气温为十八至二十六摄氏度，多云。

这是小李给我发来的信息。不管怎样，被人服侍着，的确有一种优越感和幸福感；至少可以暂时使我从沓子一案的烂泥潭中剥离出来，像个正常人一样呼吸一下。

我按照提示，准时到负一楼西餐厅吃了早餐，然后回到房间洗漱收拾一番，再背着相机，下到一楼大厅。

我刚乘电梯下到大厅，小李就迎上来问候我，又说时间还早，请我先在大厅休息一下。

小李刚把我带到沙发上坐下，我一抬头就看到赵素芬跟着几个大人物模样的人从电梯里走出来。我不知道她有没有看见我，但很显然，她确实没时间跟我打招呼。那些人前呼后拥，上了几辆黑色的轿车。小李也随即把我招呼到排在酒店门口前几辆大巴车的其中一辆上。

"彭教授，你要记住，这一路，你坐的都是五号车。"小李说。

"你也坐我们车上吗？"我问。

"是的，我也坐这辆车，我会一路陪着你。"小李说。

"那我就放心了。"我笑着说。

上午九点整，我们的车队出发了。

因为有警车开道，一路十分畅通。但车出城区之后，速度反而慢了下来。原因是道路狭窄，弯道多而急，很多地方，大巴车要退回来两次才能转弯。

好不容易到了那个叫陡坡塘的苗族文化园，大伙从一下车开始就被工作人员不停地催促着往前走，说大家抓紧时间，我们的车子在路上已经耽搁了一个多小时，我们得赶紧走，才能完成上午的行程。

一望而知，这个叫陡坡塘的苗族文化园应当是当地政府精心打造的精准扶贫点，园区主要展示的是当地的农民画。客观而论，那些农民画的艺术水平还不低，画的内容也很精彩。但导游介绍说，当地苗族农民就是靠着买卖这些画，走上了脱贫的道路。我心想，有些人可能是赚到钱了，但要说全村人都靠这脱贫了，是不是需要做全面的了解才能下结论？

遗憾的是，我们根本没时间做全面的了解。

文化园里倒是有一个正在进行的民族歌舞表演，我很想拍一两张照片。可是我刚拿出相机准备拍摄，后面的小李就说，彭教授，请抓紧时间，领导已经反复催促我们了。

她这样一说，我也无心拍摄了，马上跟着她走了。

我们几乎是小跑着出了文化园的，在文化园的后门终于赶上了大部队。乘上车子，我们继续往前走。

车子又在大山里转悠。

车窗外净是巨大的山川、干涸的河谷、陡峭的悬崖和炙热的阳光，风景倒是很美；但作为人类的生存环境，也确实险恶了一些。

大约一个小时后，我们又来到了另外一处民族文化园——米亚箩布依文化园。早有当地的布依族群众在公路两边载歌载舞，夹道欢迎；然后车队进入一个像博物馆一样的公园，里面有歌舞表演，也有布依族的文化展示，当然还有很时尚的现代化卫生间——此时大家都需要到卫生间去一趟。

从卫生间出来，我们大概只看了两个节目，领导又催着赶路了，说已经到了吃饭时间，米亚箩半亩方塘酒店已经在催促我们了。

半亩方塘酒店距离米亚箩文化园倒不是很远，车子走了十来分钟就到了，大概这个酒店也属于米亚箩文化园的一部分吧。

说是半亩方塘，其实酒店占地面积很大，应该是把当地最平整，也是最大的一块土坪开发出来做成酒店的。没人给我们介绍这是从哪里引进的项目，又是哪一家大公司来承建的，但我猜想，这应该属于精准扶贫项目，否则不可能在这样偏僻边远的地方建设如此时尚豪华的酒店。

酒店周围的池塘里遍栽荷花。池塘之上建有别墅式样的楼房。楼房的外部建筑已经全部搞好了，但内部装修还没最后完成。有当地的导游给我们介绍说，这些楼房的产权归本地村民所有，以后出租的收入当然也是归全体村民的。

午餐安排在酒店的三楼，是自助餐。我刚拿了吃的东西坐下，赵素芬局长就走过来了。她先是反复给我道歉，说一直在接待北京来的领导和嘉宾，忙得一塌糊涂，把我冷落了，不好意思，云云；然后直接叫秘书去给她拿吃的东西，她自己就挨着我坐下了。一坐下，她就开始问我对这两个民族文化园有什么看法。

我说：

"从民族文化展示的角度讲，这两个文化园都是很不错的，但作为扶贫项目来搞的话，我暂时还看不出它的前途来。"

赵素芬说：

"陡坡塘苗族文化园的农民画效益很可观，去年收入上千万元，这在当地来讲，简直是神话。米亚箩布依文化园目前还在建设之中，效益还看不出来，但我觉得这个思路不错。起码，我们在有效地开发和利用我们的资源来增加农民收入。"

我说：

"思路当然是不错的。但我觉得现在我们搞什么，都喜欢一窝蜂。这几年搞文化小镇开发太滥了，到处都在搞，问题是我们搞得太雷同了，没有显现自己的特点。说句老实话，你要我来米亚箩这样的地方度假，我不会来。为什么？一，路太难走；二，来了看什么，玩什么？"

赵素芬说：

"今天时间安排得有点仓促，很多东西你没看到，其实还是有内容可看的。"

我们就这样聊了一阵，她最后说：

"唉，老同学，今天下午你有一个嘉宾访谈节目，你还是要多讲我们的好话啊，千万不要搞大批判啊！"

她这样说，我就明白她过来跟我聊天的目的了，也明白她请我来的意图了。我说你放心，我不会乱说话的。她就拍拍我肩膀，走到另外一桌去了，那里有她熟悉的人。

她走了之后我才想起我忘记把书给她了，书我一直放在摄影包里的。

3

　　午饭后，大家继续赶路，说是要到一个叫海葩的地方开会。

　　车子又走了大约一个多小时，到一个葡萄园时停下，说让大家参观一下。一望而知，那葡萄园也是当地政府打造出来的精准扶贫示范点之一。应该也是采取"公司加农户"模式吧，就是把农民的土地集中起来，由某大公司跟农户共同合作，开发经营某一专门的农产品，农户负责具体的农产品生产，公司负责销售和最后的利益分配。我对这种模式只能表示谨慎的乐观，说白了，这样的生产方式跟当年我们搞农业合作社没什么两样，都是由家庭生产行为转为集体生产行为——好处是有大锅饭可吃，大家都饿不死，坏处是个人的积极性和创造性受到限制；而且，把农户的命运绑定在公司的兴衰上，也有很大的风险。

　　那些外来的什么专家呀学者呀，倒是很开心，大家都在葡萄园里照相留念。我本来想找个角度拍摄几张照片的，但始终没找到合适的，最后我放弃了，直接回车上边休息边等他们。

　　刚到车上，就接到老布打来的电话，他说我三弟沓子最后被林派所核定的木材砍伐量是一百二十多方，不是八十方。这也就是说，三弟被重判是无疑的了。

　　收到这样的信息，我当然很愤怒，也很绝望。我在车上呆坐着,不再想跟任何人说话。

一个小时后,我们终于来到了那个叫海葩的地方。到了地方我才知道,这里也是一个由当地政府精心打造的彝族文化园。这个文化园比之前我们参观过的苗族和布依族文化园更加豪华气派。十几栋充满了时尚建筑元素又极具彝族特色的现代建筑,错落有致地分布在一个蛮荒的高山顶上,整体看上去,像一个古老王国的国都。我真没想到,在这大山深处,居然还有着如此一处气象非凡的现代建筑群落,这使我在敬佩当地彝族干部的勇气、智慧和胆识之余,也对未来的民族文化走向充满了遐想。

大家被志愿者们引领到一处会议室前排就座,会议随即就开始了。

会议的名称是"西部少数民族地区精准扶贫现场经验交流会暨学术研讨会",主办单位是省民族局,承办单位是云山市委、市政府。与会代表来自全国各地,其中有位是当下最红的经济学家。

会议分为两个阶段。第一个阶段是主题发言。除了领导讲话以及那位全国著名的学者发言外,还安排有两位非本地的县市领导发言——介绍他们的扶贫经验。

我怎么也没想到,作为非本地扶贫经验交流代表之一的发言人居然是我们青山县的县长秦川先生。虽然会议手册上写得很清楚,可我之前并没有注意看;直到会议主持人反复介绍,我才突然反应过来,这个人就是肖智帮我找过的秦县长。他年龄应该比我小十多岁,长得很斯文,也很英俊,主持人介绍说,他是博士,专业是经济学。他主要介绍我们家乡青山县三门溪村是如何利用本地资源开发旅游从而走上脱贫致富之路的。他说的这个典型案例我非常熟悉，那是我们家乡清水河边的一个古老村落，多年前该村的确经济困难，人们生活艰难，后来靠开发旅游，不仅实现了脱贫，而且现在成了远近闻名的民族旅游开发最成功的示范村……不能说秦川县长讲的不对，但他的发言显然是有选择性的，他没有讲到这个村落是如何从一个蛮荒小村发展为一个著名的水运码头的，也没有讲到木商兴起与木材集散对于这个村落的重要意义，更没有讲到这个村落在发展旅游的过程中经历的许多曲折以及现实困境……而所有这些，我都了如指掌。

会议的第二个阶段，是由央视著名主持人白桦林主持的一个访谈，被访谈的对象有当地党政领导、全国知名学者，包括我在内一共五位。那位作为主题发言人发言并博得多次掌声的著名专家再次成为访谈对象。这一次他谈得更欢了，他举证说，今天上午我们参观的几个民族文化园，都是当下最好的精准扶贫项目，他说他曾多次购买过陡坡塘苗族农民画，好几个农民画家也因为他的购买而脱了贫，他希望这样的文化园还能再多建一些，他也希望当地能出现更多的毕加索和梵高……他的发言再次博得满堂喝彩。

白桦林在高度评价了那位专家的发言之后，突然话锋一转，问我："关于精准扶贫项目，不知道本土的学者对此有何看法。下面我们请著名的本土学者彭正安教授谈谈他的见解。"

话筒就放在我们每个被访谈对象的座位上，我拿起话筒，看了一眼下面已经热烈鼓掌过了的黑压压的与会代表，又看了看身边的几位领导和嘉宾,以及从多个方位正在录制的摄像机,突然说不出话来了。

白桦林不愧是央视著名主持人,很有经验的他显然不会让这样的场面持续下去,他启发我道:

"彭教授,我听说你有过一年的扶贫经历,还写过一本后来在学术界非常有影响的著作,叫什么来着?《相对贫困论》?"

好家伙,看来白桦林是做足了功课的。

我说:"对,没错,我参加过一年的扶贫工作,也写过一些关于贫困问题的论著,在学术界获得过一些勉励的掌声;但我发现,这丝毫也没有起到促进我们扶贫工作在方式和方法方面改进的作用,也没有对农民的脱贫有任何实际的帮助。"

话一出口,台下立即出现了奇怪的嘘声。

我又迟疑了一下——我有三十多年的教龄,当然不会因为怯场而出现语障,也不会因为准备不足而没有话讲,我是在思考我该怎么讲。

"我在《相对贫困论》这本书中提出了一个观点,就是我们看待贫困问题应该多一些角度,多一些科学的思维。比如我们从经济学角度看待某种现实,我们看到的就是贫困;但如果我们从人类学的角度去看,可能就大不一样。具体来说,经济学家是按照一定经济指标来测算贫困程度的,但人类学家可能更强调人类生活的自然性、自足性和自由性。比如对于我们今天上午参观过的这些民族村寨,经济学家会问他们,你们家有没有汽车?有没有冰箱?有没有现金收入？人均年收入是多少？等等。但他们没有问，你们这里的空气质量如何？你们这里的水是否干净清洁？你们的食品是否安全？你们的邻里关系怎样？等等。简单来讲，由于看问题的角度不一样，我们对贫困的认识就不一样。我们对贫困的认识不一样，我们的扶贫措施就会不一样。我觉得，扶贫应该着眼于从根本上解决老百姓的实际生活问题……"

说到这里，我看了一眼白桦林和我身边的官员、学者，白桦林倒是很镇定，但官员的脸色就有点难看了。老同学赵素芬在下面很紧张地看着我。我不知道他们会不会强行中止我的发言，所以我干脆谈开了。

"表面看来，形成贫困的原因很复杂，但从根本上讲，是体制原因。刚才秦川县长在介绍我们家乡三门溪村脱贫经验的时候，他举的例子恰好能说明这个问题。秦川县长只介绍了三门溪从贫困到富裕的转变，却没有说明三门溪是怎么从一个小小的江边渔村演变为一个万船云集的著名内陆码头的。如果要介绍这个村落的发展史，恐怕需要很多时间，在这里我只能简单地说一个概要吧。这个村落最早就是一个普通的渔村，人民依赖河流和土地过着自给自足的生活，不富裕，但也不贫穷。明清时期，由于朝廷大兴土木，修建、扩建现在的北京城，需要大量的优质木材，于是在全国到处收罗'皇木'，我的家乡清水河沿岸的优质杉木因此被发现。因为砍伐木材是需要大量农民工的，所以随即就有了大量的人口涌入，包括大量的木商的涌入，最终导致三门溪人口的扩张，小渔村也演变成为一个富甲一方的水运码头。我们现在去看三门溪，你看看那些遍布大街小巷的青石板，以及那些有着西洋风格的砖木结构建筑，你就不难想象，在一两百年前，那地方是何等的富裕兴旺，又是何等的时尚繁华！我想那就跟我们今天看到的海葩差不多吧。我尤其想强调的是，三门溪以及清水河沿岸的类似三门溪这样的传统村落，之所以能在当时迅速崛起，成为富甲一方的码头，很重要的一点是，当地的老百姓拥有土地的自主经营权。这就是说，老百姓根据市场的需要栽种杉木、培育杉木、出售杉木，完全可以自己做主。今天，政府虽然也鼓励老百姓栽种杉木、培育杉木，但却不允许老百姓自由买卖杉木。杉木，你可以栽种，可以培育，但要砍伐，就得经过政府的批准，就得去找政府办理砍伐证。而这个砍伐证，是极其难办的，一般情况下是不允许办的；就算你好不容易把砍伐证办下来，各种高额的税费也足以让那些木材变得一文不值……"

我又看了看白桦林，他似乎对我的发言还不算反感，不仅如此，他还拿出本子和笔在记录着什么。我继续我的发言。

"三门溪进入当代以后迅速衰落，有交通方式改变的原因，就是说，陆路交通逐渐取代了水路交通，这个肯定是其衰落的原因之一，但肯定不是当地由原来的富甲一方迅速沦为温饱不能自给的贫困村的主要原因。我举一个例子，一百多年前的三门溪，有一户苗族人家，因为土地纠纷问题，跟人在省城打了七年官司，最终打赢了。事情的简单经过是这样的，那户苗族人跟一个汉族人签订了一份土地租赁合同，汉族人欺负苗族人不识字，在土地租赁合同中写入汉族人租赁苗族人土地经营三年，到期后，土地归汉族人所有的条款；但在签订合同时，他们跟苗族人说，合同上写的是汉族人租借苗族人土地，土地归苗族人所有，但物产均分。苗族人不识字，就信以为真了。结果，三年之后，汉族人凭借这份合同去当地官府告状，赢了，土地归了汉族人。苗族人不服气，就卖掉一台杉木，全家跑到省城去告状，一告七年，最终打赢了官司，不仅追回了失去的土地，而且还得到了清政府特别颁发的一块石碑。碑上的文字说，鉴于清水河沿岸存在大量汉人欺负苗人不识文字，私自订立不平等土地租赁合同一事，特颁布此碑文法令，以后一律禁止汉族跟苗族签订不平等的土地租借合同……诸位，我不是在讲故事，不是信口开河瞎编，这块石碑，现在就保存在青山县文物局的展厅里。我举这个例子想说明的是：第一，当时三门溪的苗族是很富有的，如果不富有，他们怎么可能到省城跟汉人打七年官司？第二，这块碑文非常清晰地记载了当地人对土地拥有完全的经营自主权；第三，……"

"彭教授，我们今天研讨的主题是精准扶贫。你的发言是不是有点偏题了？"没等我把话说完，坐在我身边的那位市委书记就坐不住了。

主持人白桦林出来打圆场：

"没关系没关系，彭教授作为一个学者，他可以自由发表他的看法。我们今天开的是学术研讨会，虽然有电视录像，但并不是直播。没关系的，彭教授，请你继续发言。不过你需要控制时间，你的发言时间还有最后两分钟。"

"好的，谢谢主持人，我用不了两分钟，我只需要一分钟就够了。我概括一下我的基本观点。第一，我们的贫困问题从根本上讲是制度造成的，贫困不是与生俱来的，更不是老百姓偷懒造成的；第二，如果我们不从制度建设上思考如何改进我们的社会保障体系，我们的扶贫就不可能给老百姓带来任何生活质量的改善和提高。好，我就讲到这里。"

会场一片沉默，但我没料到，随即整个会场爆发出雷鸣般的掌声，后面几排的与会者甚至有站立起来的。我听得出，这次的掌声跟前面的掌声不同，前面的掌声是礼节性的，是对友好和善良的鼓励，而给我的掌声源于真诚的发自内心的认同和赞许，源于一种被痛快代言后的酣畅淋漓。

白桦林说：

"作为一个学者，彭教授坚持独立思考，敢讲真话，难能可贵，值得我们大家学习。说实话，在我来参加这次会议之前，我对彭教授的工作一无所知。我昨天晚上在网上搜索了一下彭教授的资料，非常令人震惊，彭教授自大学毕业之后，就一直坚持在中国最贫困的乡村做田野考察，而且坚持了三十多年，出版了三十多本著作。这种脚踏实地的治学精神，我想，正是当下的学者最缺乏的。在此，我谨代表我个人，对彭教授的治学态度和他所取得的成绩，表示由衷的钦佩和赞赏。我们也非常感谢彭教授今天给我们的扶贫

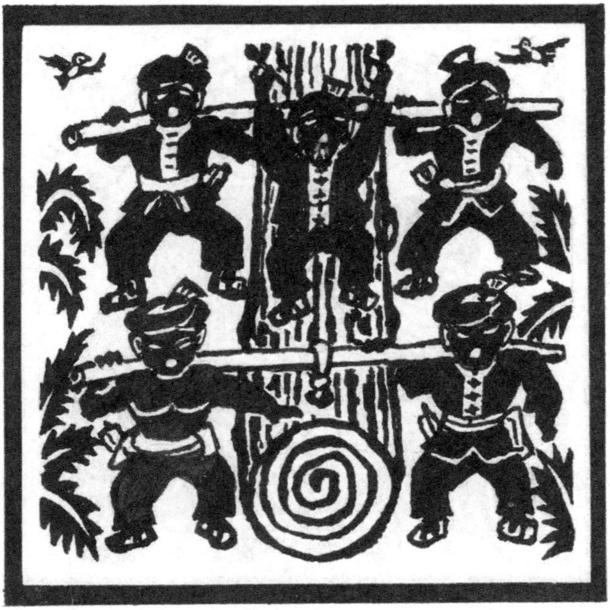

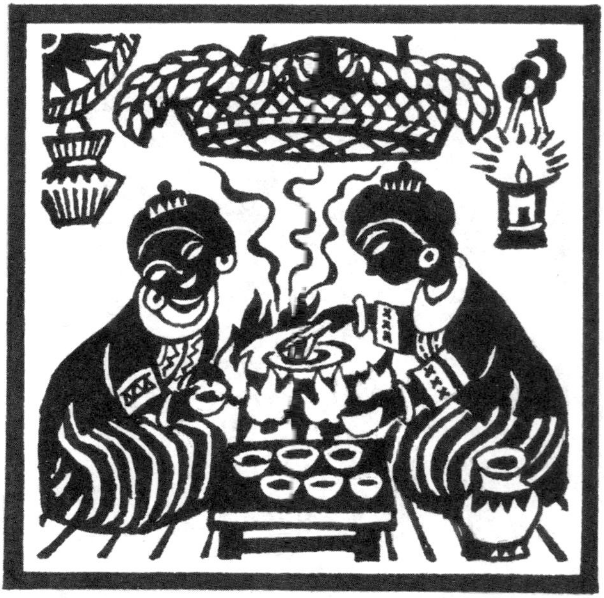

工作提出了很好的建议，我相信这样一些真诚的建议是会得到我们有关部门和领导的重视的。最后，我们请云山市委的蒙大为书记对本次研讨会作最后的总结。大家欢迎！"

蒙书记最后讲了些什么，我完全听不进去了。因为我已经意识到我的发言严重偏离了会议的主题，会议的组织者会很不高兴的。关键是，我担心这会让我的同学赵素芬为难。更关键的是，我心里其实一直在盘算着找机会接近一下我们青山县的秦川县长，想当面请求他过问一下我三弟沓子的案子；但现在，我这样的一番发言，不是直接令他难堪了吗？

果然，会议结束后，几位领导都表情严肃地匆匆离去了，只有白桦林还礼貌地跟我握了一下手，又说了几句赞扬的话。那位与我对接的大学生志愿者小李过来跟我交代了接下来的行程和安排，待我想回头再来看看台下的赵素芬时，她已经消失得无影无踪。

4

从云山市返回青山县城的途中，我特意到地区政府所在地的卡岭山城请陈昌华副院长吃了个饭。我本来是想把徐开林主任一起喊来吃饭的，但他说临时有事情来不了。我不知道他是借口呢还是真的有事，但他来也罢，不来也罢，从云山市回来之后，我终于明白，三弟的事情，靠找人是根本不可能解决的。

我把饭局安排在卡岭市的五月花酒店,因为之前我也曾应当地领导的邀请去那里吃过几次饭,我知道那差不多是卡岭市最高档也是最有品位的一家酒店。客观而论,以我的收入,我是无法在那样的地方消费的,但为了弟弟这样大的事情,我只得去那里请客。

席间,我和陈昌华再次说起我弟弟的事情。陈昌华说:"这个事情我们是帮不了你弟弟的,我自己的亲亲弟弟也帮不了。你去请律师也没用,花的是冤枉钱。'我说我不是想要给我弟弟开脱罪责,我只是希望他能得到从轻发落,好让我妈妈还有个盼头,还能在生前看到他活着回来……陈昌华说:"你的心情我非常理解,但我们真的没办法。"

那天晚上我们两个人喝了两瓶茅台,我们都醉了。不过茅台是真茅台,醉了也不伤身,第二天我依旧可以很轻松地把车子开到老家,再次跟母亲团聚。那天恰好是礼拜六,周末,琼英也带着儿子兴旺回到老家来了。一到家,兴旺就问我:"大爹,我爸爸什么时候才回家来?"我嘴上说,他过几天就回来,心里却十分的酸楚,此时的我既无能又无助。

晚上吃饭的时候,琼英又哭着对母亲说:"大哥不得力!该找的人不找,不该找的人却找了一大把!"我一听这话,顿时火冒三丈八,几乎想直接抽她。母亲问她:"你还要他找哪个人?"

琼英说:

"我们寨子上的哥高他就没去找,也不肯给他打电话!"

琼英说的哥高,就是我们寨子上的彭正高,他原本在青山县法院工作,是我同学陈昌华的部下,后来调到山河县法院任副院长。之前琼英的确要我给他打电话,说毕竟他在青山县法院工作过很多年,有盘根错节的种种人事关系。按说找他也是对的,但我知道他的为人,找他几乎不可能起什么作用;更关键的是,那时我已经找到了比他更管火的陈昌华,再找他就没什么意义了。

"你要大哥找哪个人,你就好好同大哥讲,你不要动不动就哭!"母亲说。

我心里很清楚琼英的想法,也知道她的想法单纯而愚蠢,但我不知道该怎样去说服她,就干脆走出门去了。我在屋外的长木凳子上坐下来,假装看手机。

过了蛮久,妈妈走过来坐在我身边,低声问我:

"彭正高管不了这个事?"

我看着手机,思索了片刻,说:

"我找了他的上级领导,比他管火多了,他的上级都管不了这个事,他能管?"

听了我的话,母亲陷入了沉默。

我接着说:

"你们又不是没有正高的电话,为什么一定要我给他打电话呢?"

母亲沉吟了半晌,突然抬高了声音说:

"这个琼英,只晓得叫大哥找这个找那个,你自己也可以去找人嘛,不要什么事情都靠大哥光嘛!"

145

她又回到厨房里，跟琼英说了些什么。然后，我就听到琼英给彭正高打电话了。

那天晚上，我跟母亲在家里的厨房间坐了很久，我们说了很多话。我说，我明天就要回学校云上课去了，沓子的事情我也只能帮到这里了，该找的人我都找了，人家帮不帮忙就不好说了；事情如果真的无可挽救，那么沓子自己惹出来的麻烦，他也应该勇敢地去承担起自己应负的责任，包括琼英在内的我们每个人，都要以平常心去面对这个事情，而不要再去找这个找那个了，更不要抱怨这样那样；沓子的案情，最坏的结果，顶天了，也就是被判个三年五年，这个时间说长也长，说短也短，只要大家都不气馁，都努力往前看往前走，我相信再过十年八年，这个事就不是事了……

第二天早上我七点钟就起了床，简单洗漱后就驱车离开故乡盘村，往宰马镇去了。

一路走我一路回想这些天来为弟弟跑路找人的事，感觉一切都很荒唐，想着自己好歹是个大学教授，也有一定的社会声望和地位，虽然活得并不自由，但也还算体面，却因为弟弟的事情，在一二十天的时间里，跑上跑下，找七找八，不仅耗费了大量的金钱、时间和精力，还搞得人精疲力竭、死去活来，最终却没一点用，真他妈让人绝望。

在一处停车区，我倒在车上休息了蛮久，我突然感觉身心俱疲，似已到了极限。我心想，我不能再这样耗下去了，再这样下去，我肯定会崩溃的。

我暗下决心，事情到此为止，我回到宰马镇立即接上妻子橙子返回省城学校，再不过问家里的这些屁事。

正当我想要发动车子往前走时，手机里突然又跳出琼英发来的短信："大哥，大姑妈家儿子哥正的大舅哥死了，你还有时间回来看一眼不？"

这都什么事啊！我差一点想把手机砸了！

思索了一阵，我还是强按心中的烦躁，语气缓和地给琼英打电话问：

"他是咋个死的？"

琼英说：

"自己在楼上吊死的，死了几天了才被家人发现，人都烂完了。"

我又问：

"那咋个搞嘛？"

琼英说：

"那我哪晓得咋个搞！先前大姑妈不是跟你讲过了吗？他也是因为砍木材超方，被判了三年，赚的一点钱还不够交罚款！等他转到屋，屋烂了，婆娘也跑了，老者老妈死了，人财两空……"

我说：

"我没时间回去了，也实在没精力再管这些事了。我转点钱到你账上，你去送礼时，就顺便帮我送一份，好吗？"

琼英在电话里沉默了半响，最后说：

"那在你……"

又说：

"你请的那律师，我烦死了，打他电话他不接，发信息他不回，也从来不下来跟我们了解情况。你看我们是另请一个，还是咋个？"

我没答复琼英，直接把电话挂断了。

5

橙子在我们家门前的院子里给她父亲理发，秋天的阳光暖烘烘地照在她和她父亲的身上。她用一把电推剪推理。她推的是光头。边推她就边跟她父亲交代说，等下你就要跟老四城里住去了，你要听老四和婄爱的话，不要老是吵着跑回家来……她父亲有没有真正听懂她的话，我无从知道，但表面上，他似乎是听懂了的，橙子说的每一句话他都哦哦地答应着。

"最后决定把嘎老[1]送去老四家，是吗？"我问。

"嗯。"橙子说。

还是在我三弟沓子出事之前，在为下一步把嘎老交给谁来照看的问题上，我们一起去找老三和老四协商过。按说，老三是大的，他应该先接手这个事情，但当我们去找老三商量时，他不仅不同

1　嘎老：西南汉语方言，老人家的意思。

意,而且当着我的面把他姐姐骂了一通。

她姐姐流着泪,低声说:"……老四那么困难……"

"哪个不困难?哪个都困难!"老三几乎是暴跳如雷地吼叫道。

我看不下去了,拉起橙子的手就走。

我们又转回去找到老四。老四说,那我就先带呗,这个有什么嘛,反正大家轮流来,最终他也是要带着的。

那次返回宰马的路上,我对橙子说:"你父亲交给老四和婄爱来带,当然最好不过;因为婄爱脾气好,有耐心,她又没有工作,专职照看你父亲,最好了。只是你父亲那点工资太低了,有点亏欠她……"橙子一直流泪,没有说话。

橙子给老头子理完发,老四也刚好赶到了。

我在我和橙子新屋的二楼上看到老四拉着父亲的手,走出院子,走过花桥,在桥头那儿等待过路的汽车。

我本以为老头子可能会挣扎抗争一番,没想到他居然那么听话,像一个孩子一样乖乖跟着老四走了。

我拿出手机给他们拍摄录像。我从手机屏幕里看着老人远去,心中百感交集。

客观说吧,我和老人并无很深的感情,虽然他是我的岳父,按说我应该对他很敬重才是,但因为他性格上的执拗和孤僻,我们从未走进彼此的内心世界。加上我们在世界观上的分歧,在他还没生病之前,我们的交流就很少;他生病之后,我们就更没法交流了。

但我和橙子毕竟精心服侍了他半年,每天跟他在一起吃喝拉撒,又不能说完全没有感情;何况,他这一去,我们也不知道究竟是好是歹,更不知道来年是否还能再见到他……想到这儿,我顿时感到心里发酸,有一种生离死别的感觉。

"你没有叫老四带他的衣服去吗?"我走下楼,问还在院子里扫地的橙子——她居然没有亲自送父亲出门,这让我感到非常惊异。我更奇怪她怎么不叫我开车送老四和她父亲进城,反而叫老四他们自己坐公交车过去。

"明天我们再送衣服去……"橙子说。

我这才发现她的声音有些哽咽,可能是在暗自流泪。我便自己走到桥边,想送送老四和岳父,结果没看到人,他们已经上车走了。

一整个上午,橙子都在收拾她的东西,主要是厨房里的东西,需要全部清洗干净,然后收捡起来;她知道,我们这一去,很可能要到春节放寒假才能回来,很多东西不洗干净收捡好,就会发霉,坏掉。

还有很多粮食也需要收藏好。为了照顾父亲,她特意请了半年长假,在这半年时间里,她种了好几块地,栽种苞谷、大豆、红豆、黑豆、土豆、红苕、生姜等作物,均有收获,她得把这些劳动的果实处理好,该送人的送人,该带走的带走。

橙子最小的弟弟依然无所事事地坐在大门口的长廊上抽烟晒太阳,见到我,他会说:"你们要……要……走了,姐姐姐夫?"

我说:"嗯,你在家要好好看家啊!千万小心火,你不要把烟头乱扔啊,秋冬季节天气干燥,非常危险的。"他说:"嗯,那是,那是。"但一边说,一边就随手把烟蒂丢在地上,那地是他姐姐刚刚打扫过了的。他姐姐就训斥他:"你要再乱扔烟头,我就把你手剁了!"他就赶紧弯腰下去捡拾烟头,并把烟头扔到了垃圾桶里。

除了要收捡家里的生活用具和粮食,橙子还要处理一个比较棘手的事情,就是安顿她的两只鸭子。鸭子原来有六只,是去年去世的五弟媳留下来的。因为鸭子一直在生蛋,橙子很舍不得杀掉,就干脆养起来,每天捡拾几个鸭蛋,煮来给家人当早餐。鸭子后来被五弟的小儿子杀了两只来招待到家来的同学,就只剩下了四只。橙子每天清早把鸭子赶到河边去,晚上又去吆喝它们回家来。但有一天,鸭子吃了河水上游漂下来的有毒食物,死了三只,只剩下一只了。我就劝橙子把那一只杀来吃了,免得再受损失。橙子不忍心杀,就去邻居家买来一只鸭子给侥幸活下来的那只做伴。就这样,她养了它们半年多时间,每天朝夕相处,很有感情了,现在我们要离开故乡,到省城去,这鸭子咋办呢?

橙子最早的意见是想交给老五养。我说你把鸭子交给老五就等于把鸭子交给了黄鼠狼,是完全不靠谱的。她想了想,觉得我说的有道理,就想把鸭子交给她姨娘代养。我说那也不是办法,因为你姨娘一来太忙,成天东奔西走,并不经常在家,没时间给你养鸭子;再说,她就算肯帮你养,过年你回到家来,难道还好意思再去把鸭子要回来,然后等你要走的时候又把鸭子交给她养?

她不说话了。

橙子最后决定把鸭子杀掉。她问我能不能帮她杀,我说我杀不了。她说:"那咋办?我也杀不了。"

橙子最后是找了隔壁的一位大婶来帮她杀的鸭子。

晚上我们吃鸭子。只剩下三个人了,原来的那种热闹,就像秋天的热浪一样,已经消退了。

我和老五照常喝酒。

"来喝……喝……喝……酒,姐姐……姐……姐……夫!"

他一如既往地邀请我,对我举起面前的小碗。我说:"好,来,喝。"

他姐姐教育他,说你一个人在家就不要喝酒,去送礼吃席也不要喝酒,你听到没?

他说听到了。

橙子又交代他不要再去买码了,说你要再买我就不再给你钱用了。

这下五弟没有再答应她。

我就对五弟说:

"你姐姐讲这个话你要听过去。你买码买十多年了,从来没看你赢过什么,连一包洗衣粉都没赢得过;但你买码的钱加起来没有七八万起码总有四五万了吧?有这个钱,你的生活就可以过得像皇帝一样好了!"

他依旧低头吃饭,不答复我。

我又说：

"你想想嘛，你有你两个哥哥聪明吗？没有吧。你看他们那么聪明的人都不去买码，你怎么还去买码呢？"

"每次都差……差……那……那么一点点，去……去……年，要……要不是被……被老婆干涉，我应该是一……一……一劳永逸了……"

这回他答复了我的话，但这答复让我既气愤又难过。气愤的是，无论我们如何苦口婆心，他依然执迷不悟；难过的是，眼看着他往赌博的大坑里掉进去爬不出来，我们想拉他，他却不愿意伸手。

想到自己也算是仁至义尽了，我就不再理会他，把酒喝完，上楼去了。我在楼上听到橙子在大声地训斥她弟弟，我也不下来劝阻。

6

我在楼上边看书边等待橙子，就像新郎在等待新娘被推入洞房那样。

从三弟沓子出事起，一转眼已过去二十多天，将近一个月了。一个月的时间里我都没回宰马镇，当然也就没见橙子的面。此时，在经历了那么多分离的日子之后，在离开故乡的前夜，我多么渴望橙子能给我带来些许安慰和温暖,哪怕是一个沉默的拥抱也好。

但橙子始终没有上楼来。午夜时分,我睡着了。再醒来已经是第二天的凌晨五点钟。橙子还是没有上楼来,楼下当然也早没了动静。

橙子在她家的老屋里过的夜。她不愿意再触碰我的身体。这个问题表面上看是她一个人要做的事情太多,身心俱疲,没有心思来理会我;其实真正的原因很复杂,有她性格方面的原因,也有我性格方面的原因。简单说,就是我们都不善于跟对方沟通,使得夫妻间的冷战经常化、日常化,慢慢演变成习惯。而更为根本的原因是:我们的信仰不同、三观不同。这直接导致我们感情破裂,夫妻关系早已名存实亡。

橙子信仰基督教已经差不多二十年时间了,我们曾经为这个问题争吵过无数次。最惨烈的一次,是八年前她逼我去办理了离婚手续。我当然也只能跟着她去办了。因为她已经说了狠话,她不想跟我再这样貌合神离地过下去,离婚是绝对的、必须的,没有任何商量的余地。但在我们办理离婚手续后不久,为了孩子,我们又复了婚。客观地说,我觉得信仰宗教其实并不是什么坏事,起码,宗教总是劝人从善的。但橙子对自己的信仰太过于沉迷。她曾经建议把我们家的全部存款都捐献给教会。她说,你献给上帝的越多,上帝就越会眷顾你。我不想听她说这些话。我觉得人可以有信仰,但必须是在理智的前提下。

三弟沓子出事后,我几次在电话里给橙子汇报事情的进展,橙子每次都说:"你要把沓子带到上帝面前来,你一定要他忏悔,否则他没有出路,没有希望。"

清晨六点钟,我听到楼下有动静,我知道是橙子起床了。我开始以为她在做早餐,就起床洗漱,收拾行李,准备下楼吃了早餐上路;因为昨晚吃夜饭时我们就说好了,今天一早驱车上路,离开故乡,返回省城。

但我收拾完之后却没听到橙子叫我下楼吃早餐。我下楼一看,原来她并没有做早餐,她在收拾最后的一些零碎。

"都收好了吗?"我问她。

"收好了。"她冷冷地说。

"那我们可以走了?"

"嗯。"

我打开车门,帮她把所有要带走的东西全部塞在车上,直到再也插不进一根针,我才关好车门。

就在驱动车子的那一瞬间,我突然有一种感觉,我觉得自己以后可能再也回不到这个家来了。

车出小寨,走到公路那儿,我再次看到那个只挂了半边对联的风雨桥。那是橙子因从教会里募集到的资金修建的风雨桥,所以桥上的对联本来是写着感谢神恩的话,当地政府觉得很是不妥,因而现在只留下没有写明是感谢神恩的另外半边对联。

橙子一上车,就开始用耳机听她的上帝之音。一看这架势,我就知道她已经完全不愿意再跟我多说一句话。我心里充满了怒气,很想说点什么，但我还是克制住了。我尽量平静自己的内心，专注开车。

我把车子拐到宰马镇街上，她立即摘下耳机说：

"你去街上干什么？对直走。"

我问她去不去看她母亲了。因为我们之前每次离开宰马镇时，都要去看她母亲一眼，顺便把新家的钥匙交给她。

"不看了，昨晚我已经去跟她告辞了。"她说。

车到县城，她要我把车子开到一个居民小区里，那是她弟弟老四的新家，她要把她父亲的一些衣服送到老四家里去。她并没有邀请我一起去，但我心想，还是去吧，也许这是最后的一眼了。

我跟她一起爬楼上老四家。四楼，倒不高，但也爬得气喘吁吁。说实话，我们都上年纪了，最近又都太忙，心情和身体都差到了极点。

老四和他妻子婧爱居然还没起床，他们的女儿彩云起来给我们开门。

"公呢？"橙子问彩云。

"折磨了我们一夜，一直在吵着要回宰马，现在才刚刚睡着。"

我倒在客厅的沙发上看手机，橙子跟着彩云走进里屋去看她父亲。

不一会她们就出来了。老四和婧爱也睡眼蒙眬地走出卧室来。婧爱一直在道歉，说不好意思，昨晚没睡好，起晚了，边说就边到厨房拿了篮子要去市场买菜，请我们留下来吃饭。

橙子赶紧说，不用了，不用了，我们不在这里吃饭，我们还急着赶路到省城去，正安明天就要正式上课了，我们今天下午必须赶回去，一点时间都不能再耽搁了。

橙子又交代老四记得每天给父亲量血压，每天给他吃降压药，每天给他换内裤之类，讲了一大堆话。我先起身走到门外，橙子就抹了眼泪走出门来。老四和婄爱要送我们下楼，她不让，把他们推回门里去了。

我们下了楼，刚到车子边，我手机里就跳出妹妹和妹夫老秀发来的短信，问我老三沓子的事情如何了。

我坐在车里发了半天呆，不知道该如何答复他们。

橙子问：

"是琼英发来的信息？"

我说：

"不是，是大妹和老秀。"

橙子问：

"他们说什么了？"

我说：

"没说什么，只是问我沓子事情的进展如何。"

橙子就不再说话了。

她重新戴上耳机，听她的上帝之音。

157

第四章

1

我梦见三弟沓子从青山县看守所走出来,已经是四个月之后的事情了。在这四个月当中,接连发生了许多的事,我不知道三弟在里面是否知道。先是我的堂哥老灵有一天突然生急病去世了,死得非常突然,事先没有任何征兆。他最终是因为得什么病去世的,我们家人因为没有参与他们家的丧事,故而并不清楚。寨子上的人只说是生急病,但到底是什么急病,却没人知道。从村人对他死亡特征的描述来看,我估计是脑溢血、脑梗死或心肌梗塞一类。"哪个晓得是咋个的?人本来好好的,突然就倒在堂屋里说不出话来,眼睛翻白,口吐白沫,脚抖几下就死了,像鸭子吃了乐果一样。"村人说。村人说的"乐果"是一种剧毒农药,鸡、鸭、老鼠等动物吃了,会立即倒地死亡。

大鬼和烂药从城里赶回家来料理父亲的后事,在寨上几乎找不到人帮忙。最后把他们父亲抬上山的是他们的几个老表。这个情况是琼英在电话里告诉我的。那时候我正在学校上课。对于堂哥老灵的突然死亡,我的态度比较冷漠。琼英说,三嫂也还着人来喊我们家人去吃"屋三头"[1]饭,母亲直接用话把他们顶了回去。母亲说:"你们还有脸来喊我们啊?唵!你们还有脸来认我们是'屋三头'啊?才死一个光?多死点,你们这一屋人都要死绝才好!"琼英说,也没有人敢回应我们妈的话,我们妈也不再多说其他了,自己一个人坐在屋里头看电视,看了一整天,饭都忘记煮来吃。

可以肯定的是,我的家庭变故沓子是不知道的。不仅他不知道,我故乡老家里的其他人也都不知道。事实上,暑期结束一返回省城后,橙子就离开了我。多年来,橙子一直有一个强烈的愿望,就是彻底委身于上帝的事业,专心服侍上帝,为此她几乎持续祷告了将近二十年。现在,这一天终于到来了,她从家里出走,到教会去从事她心爱的传教工作了。当然,她并没辞职。信仰虽然使她疯狂,但她还没有疯狂到彻底丧失理智的程度,她还知道有工作才有生活的保障。

不过我相信她离完全辞职也已经不远了。我估计只要我们的女儿研究生一毕业,她就会彻底辞职去专门服侍上帝。

我呢,其实也早已想从这个家庭出走了,但我没有这个勇气。我爱我的女儿,她还在读书,我得挣钱养活她。同时,我也不想让我的母亲再为我担心,我是她的六个孩子中唯一有正式工作的人,我一年起码要给她大几千块钱,那是她所期待和需要的;所以我还在坚持着,暂时没有走出这个家门。但我的心其实早已不在这个家

---

1 屋三头:侗族对房族的俗称。

了。我的心在哪里？我不知道。许许多多的时候，我觉得我是个空心人，就像橙子曾经骂我的那样，我没有心。

在弟弟身陷囹圄的这段日子里，我不止一次想过，有些人在平时看起来是那么的微不足道，那么的不起眼，甚至是那么的讨人嫌，但他（她）一旦出事，则一样会牵一发而动全身，所有人的生活都跟着受到影响，甚至发生巨大的变故和逆转。

当然，我也知道，即便沓子没有进去，橙子也终究是要离开我的，这一点我早有预感。在橙子离家出走后的第三天，她来跟我辞别，把一封《告别书》拍在我书桌上的时候，我想起了二十五年前我第一次带她去我老家时的情景。那时候，我是那么地爱着橙子，我相信她也非常爱我，我们一路说说笑笑。她的笑声是那么的自由奔放，那么的无遮无拦，那么的开心甜蜜，仿佛她是全世界最幸福的人，也仿佛人世间所有的烦恼、愁苦都被她抛在脑后，踩在脚下。但不知道为什么，有一天她突然就不笑了——就在我们从老家出来往省城去的路上，我不记得说了一句什么话得罪了她，她从此再也没有了笑颜；不仅没了笑颜，而且连话都不愿意跟我说了。那时从家乡到县城，是一条长长的足有三十五公里的泥巴小路，我们慢慢走着，慢慢往县城方向去，但无论我怎样讨好她，她都不再笑了，也不愿意跟我再说任何一句话。

我到底是哪一句话得罪了她呢？

直到二十多年后的某一天，她才对我说出了她那次生气的原因，说起来非常可笑，她说因为我无意中说漏了嘴，说我曾经带过别的女人回到故乡,所以她很不高兴……我的天,就为这事,值得一路保持沉默吗?可是,我之前的生活经历,我不是早已告知她了吗?她不是对我的过往表示既往不咎了吗?

我当然也想到了她的父亲母亲。她有一张照片,是她父亲母亲跟她的合影。那时她还很小,大概一两岁的样子,坐在相馆里的特制木凳子上,她爸爸妈妈分别站在她的左右两边。她父亲看上去既年轻帅气,又恩慈善良;她母亲也一样,漂亮而温柔,健康又阳光,身上穿着一件最传统的侗家衣服,还打着赤脚……我不止一次想过,他们当年是何等的幸福和恩爱啊!但你能想象得到吗?当她父亲晚年身患老年痴呆症,最需要人照料和陪伴的时候,她母亲却毅然决然选择了独居,自己一个人从新屋搬到街上的老屋去住,任凭你怎么苦口婆心劝说她,她也不愿意再回来服侍那老头子一天。

"我妻子打了我一棒,把我脑壳打得凹下去拇指深,害我后半辈子靠吃药过日子……"

每当我想起橙子离去时的那种决绝,我就会想起橙子父亲经常挂在嘴边的这句话。我曾经问过橙子是不是真有这事。橙子说,应该是没有,但也说不定,谁知道呢……我相信是没有,但如果真有,那么,一个女人在什么情况下会愤怒到可以用木棒把一个男人的头打得凹下去拇指深呢?

"有什么样的母亲,就一定会有什么样的女儿。"这居然是我反思和检讨很久之后得出的结论。我甚至由此联想到我们的女儿,我很担心她将来有一天也会像她妈妈和外婆那样。

橙子的出走是如此的决绝,以至于她都不愿意给我一个讨论或争吵的机会。我想起那天我们从宰马镇驱车返回省城时,她也是一句话都不愿意跟我说的。她一直在听她的上帝之音。回到家的当天晚上,橙子还是没有过来跟我说点什么,更没有要跟我同床共寝的意思。她还是在不停地收拾家里的这样那样,同时不停地接电话。我知道,那些电话几乎都是她教会里的弟兄姊妹打给她的。在教会里,橙子有很好的口碑,一来她在钻研《圣经》上下了很多的工夫,对经文有较为深刻和透彻的理解;二来她自恃有通过手按《圣经》祷告而能给人治病的功能,在教会里又乐善好施,经常给大家提供帮助,故而大家都很喜欢她。

开了一天的车,我也很累了,晚上不到十点钟我就独自睡了。第二天,我和橙子都直接上班去了。

但是那天中午,我回到家,却不见橙子回家。到晚上,她还是没有回来。我开始以为她到教会帮忙去了,但直到第三天中午,她才回到家里,把那封《告别书》拍在我书桌上,什么话也没说,转身就走了。

我当时正在伏案写着什么,应该是本学期的教学计划吧。虽说她也还算传统的侗家姑娘,还能讲一口流利的侗族语言,但她这样对我不理不睬、不闻不问的样子,就已经很不像一个传统侗家女子的所作所为了。当然,她如此这般地对待我,也不是第一次了,事实上,我们不在一张床上睡觉也已经有很多年了。所以我对她的不礼貌行为,早已司空见惯、见惯不怪。

但我没想到，这一次，她居然是来跟我告别的。她留给我的那封信，上面写的第一行字是"告别书"。她说我们不能这样过下去了，她已经在外面租了房，暂时不会再回家来了。

我看了她的信，居然出奇地平静，就仿佛这是我一直期待的结果似的。其实有些事，也的确是在我的预料之中；虽然我不知道我们最后会怎样分手，但我知道分手是必然的，迟早会有这么一天。

只是，这样的结果，对我来说，打击还是很大。我不知道该怎么给女儿交代。我是那么地爱我的女儿。我曾经说过，为了女儿，我可以牺牲一切，包括过没有爱情的生活。

2

十月下旬，我终于回到了老家。那时候，我的课已经上完了。这学期为了能多回老家陪伴母亲，我特意把很多事都推掉了，包括我该教授的课程；实在不能推掉的，我也叫年轻人来帮我。年轻人需要钱，也需要评职称，所以他们很乐意给我帮忙。只有"文化遗产学"这门课没人能上，也没人敢接；但这课只排了六周，所以课上到十月下旬就全部结束了。

回到老家盘村已经是傍晚时分，母亲一如既往地坐在家门口孤独守望——娇娇被琼英带到城里打工去了，家里只剩下她一个人。我很担心妈妈的身体，她的身体本来就非常虚弱，几乎每年都要去住一两次院。现在家里遭受如此沉重打击，她还能扛多久？有娇娇在家，不管怎样都还是要好些。尽管娇娇在家也不能帮她什么大忙，但多少还是个照应。现在她一个人在家，万一有什么紧急情况，那真是叫天天不应了。

我打电话给琼英，问她怎么叫娇娇出去打工了，并说现在是非常时期，妈妈需要人照顾。

琼英说她已经走投无路了，如果娇娇再不去打工，她就只能自己出去打工了。

她又开始给我诉说她在经济上的困难，她说她的一千八百元工资仅仅够扣每个月的房贷，生活费用都不晓得去哪里找。

我差点说出，你把娇娇叫回家来，我出钱请她在家照看妈妈。但我忍住了，我不是出不起这个钱，而是我不想太贯是[1]琼英。

幸好，妈妈的身体也还争气，没在这个时候出什么乱子。自从上次我带她到宰位打了一针之后，她的脚没先前痛了，血压也基本正常。到家的第二天，妈妈给我煮米豆腐吃。我说，妈，你别动，我来煮。她说，你火都不晓得烧，你煮哪样？还是我来。

家乡美食中，米豆腐是我的最爱。那天早上我一口气吃了三大碗。中午妈妈又做牛肉汤给我吃，味道也很不错，但吃牛肉太多了胃不好受。此时我就很怀念橙子的素菜了。橙子吃素，我也跟着她吃了二十多年的素。也幸好我跟她吃素，不然我早已胖得不成样子。我遗传了母亲的体质，属于喝凉水都会胖的那种人。

---

1 贯是，西南汉语方言，纵容的意思。

下午我在屋顶上放出无人机,准备又一次航拍我们盘村老家的全景。飞机升到五百米之后,我看到的盘村就跟平时所见的完全不一样了,通过这个上帝视角,可以把盘村及其周围十多公里内的世界看得清清楚楚。我把所见都录了下来,然后导在电脑里播放给母亲看。妈妈眼睛不错,每一个山湾和山头她都看得清楚,也能准确说出每一处的地名。在看到三弟沓子砍伐超方的那片杉木林地时,她痛心地说:"就是这台,就是这台土啊,安,你看造孽没!老三就为这几棵木头,钱一分都没赚到,还被关起来了,你看悖时没?"

整体来看,故乡的山水还是很美的,森林覆盖率也非常高,目测下来,起码在百分之八十以上;但客观地说,也确实是大不如从前了。从前有很多的原始森林,现在有的只是人工林。

"不能总讲悖时。老三和琼英他们就是太大胆,明明晓得这个生意做不得,也明明看到每年都有人为这被抓了关了判刑了,还是要去做——迟早会倒霉嘛!"

"他们不做这个他们又吃哪样?"

母亲还在为自己的宝贝满崽辩护。我说盘村那么多人不做这个,他们不是照样活下来了。

母亲说:

"光盘那两个崽读书,他们都要一大笔钱,要租房子,要交这样费那样费,现在又还要还房贷,他们不打木头的主意还能打哪样主意?古话讲,靠山吃山啊,安!靠山不吃山他们吃风啊!"

165

电脑屏幕上突然出现一处开阔的山谷盆地，我想起来那好像是我们家的田土，就问母亲：

"这个地方好像是我们家的田，妈？"

母亲看了一眼，说：

"是，这是高计九，那几丘田分落老二了，他都好多年没去种了，田都变成岩石山了。"

我说：

"我想去这地方修房子。"

母亲说：

"你修来给哪个住？"

我说：

"给我住。"

母亲看了我一眼，说：

"你莫是讲梦话吧，你去这个地方修房子？！我们这里万千的好落处你不修，你去这个坡头坡垴的地方修？你还去住？我怕到夜晚来鬼都吓死你！"

我知道母亲不理解我的想法。事实上，我也并不是瞎说。我觉得如果在那里修几栋木房子，再用几年的时间把那里打造成一处世外桃源一样的山庄，然后养羊养牛、养猪养鸡，自力更生、自给自足，完全是可行的。

我甚至想，如果我再年轻点，就可以找个志同道合的女人一起去那里开荒种地、生儿育女，说不定一二十年之后那里会变成一处新的村庄。

晚饭又吃牛肉，这下我真的感觉胃很难受了。我建议妈妈下一餐不要吃牛肉了。妈妈说，不吃牛肉就吃米豆腐。我说，好，明天就吃米豆腐。

饭后我上楼打开电脑准备写点什么，突然听到门口喧闹无比。原来是有人在风雨桥那里放电影。我开始以为是当地政府来放电影，结果我走近一看，才知道是湖南人来放的——一辆小面的，车牌号是湘E。放映员是一个中年妇女，她自称电影是她们自己制作的，是关于毛泽东的纪录片。我问她电影名字是不是叫《毛泽东》，她却说不上来。

观众只有几个，哥江、满爹万银、大嫂兰英、满嫂桂央、仁海，包括我，一共六个人。

看了一会儿，大伙都说不好看，就纷纷起身回家。

临走时，满爹万银却对我说：

"老安，你来屋了？你有时间去给他们讲一下，我作为主席，我同意他们来砍我那台杉木，有两百多万方。"

"你是什么主席？"

"这个你莫管嘛，我们村就我八字最大嘛，他们不选我当主席还选哪个嘛。"

"你要我给他们讲，他们是哪个？"

"咦，就是上头那些人嘛。"

"……"

我知道满爹万银头脑一直不清醒，大家都说他得的是一种癔病。大概是他的癔病又发作了吧，我就没跟他继续聊下去。但放电影的那女子却又问我是干什么的。满爹万银说，他是记者。那女的就笑了，说，你们村还有记者？她也觉得满爹万银是个头脑有问题的人了。但满爹万银说的其实是对的，我曾经是记者。年轻时，我在报社当过记者。我们村的人至今都只知道我是记者，不知道我其实早在很多年前就改行做教师了。

3

一转眼，老贵的房子修起来了，高高大大地矗立在我家老屋门前；而老平的房子也早已粉刷一新，就等着搬新屋了。

一天黄昏，我又到老屋那边去晃荡，刚好二弟媳秋红也带着孙子成成回家来了。看到我，成成欢喜得不得了。

"大公，快来跟我踢足球。"他说。

"你自己踢吧，我没得空。"我说。

"你来跟我玩一下吧，大公，我一个人不好玩。"他过来拉住我的腿裤，把我往堂屋里拉。

"你莫去拉大公，大公没得空跟你玩。"秋红从屋里走出来，先是用普通话对成成这样说，继而又低声用侗语问我，有没有吃饭，要不要在她这里吃。

我边跟成成踢足球,边用侗语对秋红说我吃过饭了,不要管我,我就是过来看看老贵他们家的新房。

秋红说:

"人家有钱,修起来就快,马上就封顶了。"

我说:

"他们砍了我们家的那几棵大树,当时你们要是在家,我估计他们也不会直接砍,起码会跟你们商量一下;但你们都不在家,他们就只好自己动手了。"

二弟媳说:

"就是啦,一个都不在屋。我带这个崽,在城里种红薯,也没得时间来屋。"

我又说:

"砍了也就算了,但那树你们也不去拿回家来,就放在他家后阳沟那里泡水烂掉,本可惜啊!你们若拿回家来,可以做蛮好的家具,起码可以做几个凳子。实在不想做,就拿来烧火也要烧个把月嘛。"

二弟媳说:

"你不晓得,大哥,我一个人在屋光,带一个嫩崽,腰杆又不好,哪样都难做,成成的公又没回来,我一个婆娘家……"

我看她说到这里几乎要哭了。我这才想起先前妈妈好像对我说过,二弟媳秋红前不久才在医院做了一个大手术,说是什么子宫肌瘤切除。真难为她了!她一个人生那么大的病,没个帮手,还带一

个嫩崽,太可怜了。我就说:

"搬不动就喊老贵他们帮着搬上来。他们若实在不愿意搬,那就喊兴茂来搬。兴茂总要来屋的嘛。"

"兴茂我喊不动他,他爸爸也喊不动他。他也确实忙老火[1]了,天天跟老四他们去跑活路,天没亮就出去,断黑了才到屋,他也难……"

从老屋出来,我又到家义那里去坐了一下。我给他照相时他说:"本麻烦你啊,弟,每次来都帮我照相,我又没有钱给你。"我说我照相不要钱,我是照着玩的,照来留着做纪念,等你百年了,我们还得看见你。

"就是嘛,"他喘着气说,"就是麻烦你多嘛。"

我能感觉到他有严重的气喘,很难说他在这世上还有多少时光。我心想,说不定我下次再来家,就看不到他了。

我给我们村里的老人和孩子们照相,当然并不当真是照着玩的。我的想法是,将来当我有能力在老家修新房子的时候,顺便修一个长廊,专门展出这些老人和孩子的照片,让年轻人看到他们的童年形象,让中年人看到他们前辈的身影。

老人耳背了,我说话小声点他就听不见了,我只好大声跟他说。

"洛魁国麻檐啊?"我用侗语问他。

我的意思是,你孩子老魁最近没回家吗?

---

1 老火:方言,严重、厉害的意思。

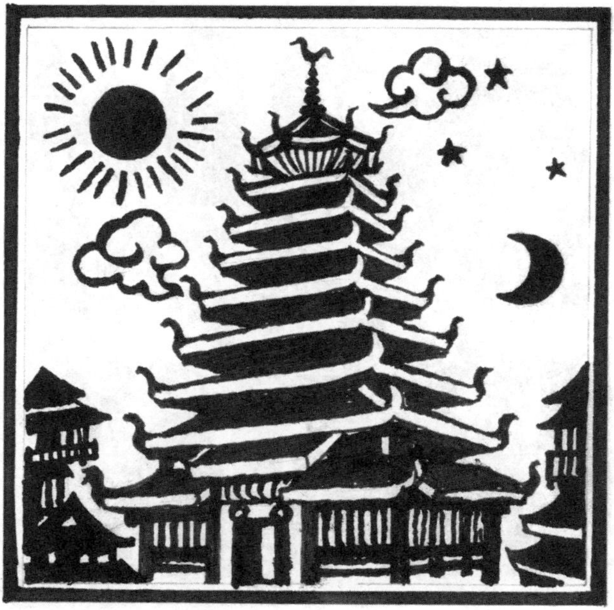

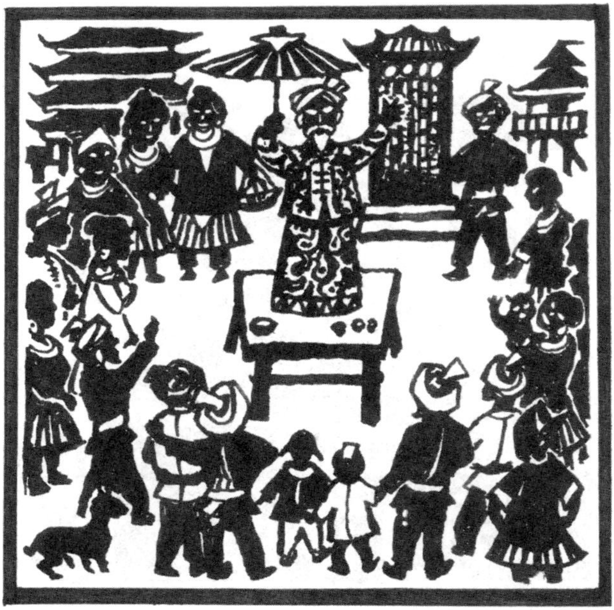

我还记得他家儿子老魁的形象,一个总是满脸堆笑的人,卑微而低调,谦逊又善良,但那年却因为砍木材超方,被抓到看守所关了半年。

"国麻!言将国麻艮。"家义说。

他的意思是说,老魁很久没回家了。我不知道老魁到哪里去打工了,打的什么工,情况如何,但我也不想再多问了。反正,我知道,他们一家人都在外面打工,只留下老人独自在家。就像担心我母亲一样,我也同样担心像家义这样的老人万一有个三长两短,那可怎么办!谁去通知人?谁会第一时间发现他们?想到这里,我突然觉得这世界好生残酷,很多人努力一辈子,奋斗一辈子,挣扎一辈子,结果,到头来,还是没能抵达一个幸福的港湾。其实别说幸福的港湾了,就是生命伦理中最基本的安全保障都没有。

我又在家义屋里小坐了一会儿,给他拍摄了几张照片,就跟他辞别了。下楼时,他突然说:

"言将国怒洛沓恩杯。"

他的意思是,好久没看到沓子了。

我没有答复他,装着没听见,径直下楼了。

我往公路边的家里走去。刚走到我老屋边,秋红就拎着一个蛇皮口袋追出门来,喊我:

"大哥,你拿这点板栗去送大嫂和婠云吃。"

我就站住了。

等她走近了,我就问:

"你去哪里得那么多板栗来?"

秋红说:

"上个星期我来屋,跟几个寨上的婆娘去坡上找得的。现在的年轻人都出去打工了,坡上板栗本多,我们随便捡半天,就得蛮多。大嫂爱吃这个,你带点给她。"

我不便告诉她,你们的大嫂已经离开我了,我现在是孤身一人。

我本不想接她的蛇皮口袋,因为我并不爱吃板栗,但她既然讲是拿给橙子和婄云的,我就不好拒绝了,只好稀里糊涂地接过来,拎起就走。

走到家衣家门口,我看到他们家那破败的旧屋,比上个月我看到的更加破败了,整个房子差不多已经全部被野草所覆盖,原先挂在门口的那块写着"盘村卫生室"的木牌子也不见了。我想起有一年春节,家衣让他的满崽老勇来喊我去他家吃庖汤,那时候他那个在福建打工的哥哥老富也刚从福州赶回家来。他们一家人就在这屋里客客气气招待我,请我喝酒吃饭,跟我聊着家常,憧憬着未来……谁能想到呢,转眼之间,一切都风吹云散,如今老富和他父亲都已去世,老勇也背井离乡……想来人在天地间,真是一切都很无常啊!

回到家,母亲问我,你到哪里来?我说我到对门看老房子来。母亲就说,那老房子我看卖掉算了,到处漏雨,又找不到人来捡瓦。

我说:

"卖了秋红和成成住哪里？"

母亲就没有再说话。

我说：

"老房子不能卖！我退休了还要来打扮它，打扮好了我来住。"

母亲还是没有说话。她也许想说点什么。但终究是没有开口说出来。

4

我在老家一连住了好几天，每天除了在家陪母亲说话聊天外，就是在寨子上闲逛。见到人我就打个招呼，闲聊几句；没遇到人，我就拿相机拍摄风景和房子。有人问起沓子的事情，我也只是含糊其词地说他应该没什么大问题，估计快回家来了。其实我心里一点谱都没有，我哪里能保证沓子会很快回家来呢，就是让他健康地回到家来我也不能保证啊。

因为这次在家待的时间比往天都长，母亲就问我是不是特意请假回家去陪她的，请假那么长时间会不会被扣工资，并说如果要扣工资就回学校去。我说不是，是我的课上完了，我没什么事，就在家多待几天。

母亲说：

"你不要担心我,你有事你尽管去做你的事,我不会死那么快的,我死也要等老三出来才死。"

我说:"你莫乱讲话,妈,我的确是课上完了才来屋的。反正在学校也是坐,我来家陪你多坐点,你还不高兴?"

母亲说:

"你在屋我当然高兴,就是怕耽搁你的事。"

我说我真的没什么事。母亲当然不相信。她知道,我从来都很忙。她曾经跟我去省城住过蛮长一段时间,婄云就是她帮我带大的。

母亲停了停又问:

"婄云她妈忙吗?"

我说:

"嗯,她忙。"

母亲说:

"那你也要转去帮她点。她忙的话,你起码去帮她煮点饭搞点菜这些。"

我说:

"嗯,我过两天转去。"

我这话本来是敷衍我妈的,但没想到,过了两天,我真的辞别母亲了。不过我不是回省城,而是去山河县。我去山河县找我的同学陈昌华。

那晚琼英打来电话说,沓子的案子已经到了法院,她和老布商量了很久,最后觉得还是要找陈昌华出来说话,沓子才有判缓刑的可能。她叫我无论如何也要去找一下陈昌华。

我立即给陈昌华打电话,把情况跟他说了一下。他说:"你莫成天给我打电话嘛,安,你有事就过来当面说。"

我求之不得,问他明天在哪里,他说在山河县。

我就决定去山河县找他。

"我在山河县法院开会,你到了山河县再给我打电话。"他说。

这一次,我不想再带上琼英了。一来她自己要上班,忙;二来我嫌她话多,耳朵累。

我把车子直接开到山河县法院,停在大院子里。我正要给陈昌华打电话,他却先打过来了:

"到了没?"

"到了,刚到,在法院的大院子里。我到哪里去找你?"

"你稍等,我马上出来。"

他很快出现在大院里,我锁上车门走过去跟他握手。我说,没办法,只能再来麻烦你了。他说,你的心情我理解。我说,不管你理不理解,我也只能找你了。

陈昌华把我直接带到山河县法院的食堂,那里已经有一大伙人在围桌而坐了,桌上摆满了各种菜肴。

他把我介绍给在座的人:"大名鼎鼎的大作家、大学教授,我的小学和中学同学,彭正安教授!"

大家纷纷站起来表示欢迎。有人过来跟我握手，说是久仰大名，又说很早就拜读过我的文章，云云。有人给我让座，倒茶。

陈昌华举杯说，感谢山河县法院的盛情款待，也欢迎我们最敬爱的彭正安教授，来来来，大家辛苦了，祝大家工作顺利，万事如意，干杯！

因为是中午，大家都不喝酒，举起的杯子里装的都是饮料。

辞别陈昌华后，我没有再回青山县。我只打电话告诉琼英，陈昌华这里我已经来找过了，但他也说要我们不要期望太高。然后我说，我不回青山了，也不回省城，我要到清水县去开几天会，家里的老妈你和秋红注点意，记得经常给她打个电话。

去清水县开会是我撒的谎，但我的确是去了清水县，只不过我是去拍摄照片。事实上，多年来我一直在默默地进行着一项非常有意义的拍摄计划，就是打算拍摄一部关于家乡原始森林和古树名木的影集，书名我都想好了，就叫"清江秘境"。

琼英说，林派所那边催我去交"复林款"，就是罚沓子砍伐超方的木材款，一共是三千六百元，你看这个钱要不要去交？

我说，这个我怎么知道，你还是自己打电话问一下樊律师嘛。

琼英说，樊律师我问过了，他说这个钱先不要去交，交了没什么意义。但老布讲，这个钱要去交。老布说这个钱交了法院这边才好给沓子减刑。

我说，这个我就搞不懂了，既然老布这样讲，你就按照老布说的去做吧。说完我挂掉了电话。

但电话挂掉后我才突然想到，琼英的意思是不是要跟我借钱啊？她应该是没钱去交这个罚款了，才这样问我的吧？但我一直在为她和沓子花钱，可能她也不好意思再问我借钱了。

我就发了一个信息过去，说，如果你那里钱不够，我给你打点过去。

琼英却没有回复。

我就懒得管她了，自己驾车往清水县走。

清水、山河、青山三个县从地图上看，其实呈一个三角形，一条清水河贯穿其中。清水河发源于苗岭山脉中部，上游流经七八个县，开始叫龙头河，进入清水县后叫清水河，再流经山河、青山之后进入湖南注入沅江，最后出洞庭湖汇入长江。

肖智县长在清水县政府大楼他的办公室里亲自接见我。一见面，他就说，哎呀呀，我们著名的大教授终于还是现身了，讲了好多年，说是要来清水看我，都是空话，这回总算是真的来了。

我说清水县我其实经常来，只是每次来你都不在家。

他说，哎呀呀，我干这苦差事，忙死了。又说，你这次是专门来看我呢，还是路过？还是有什么事情需要我帮忙？

我笑着说，这回是专门来看你的，就是特意来当面感谢你上次对我弟弟那事情的关心和帮助，同时我想来贵县拍摄一些照片。

他说，哎呀，上次你弟弟那个事情我没帮上忙，真不好意思。

我说，没事，你已经尽力了。

他说，现在情况怎么样？

我说，已经起诉到法院了，快要判决了吧可能。

他说，哎，真是没办法，就是我还继续在青山估计也很难帮得上什么忙……

我们就这样闲聊了一阵，随后他打电话叫来了政府办的许小东主任，叫他带我到附近宾馆先休息，然后安排中午一起吃个饭。

"彭教授是我们省的著名文化遗产学专家、学者，是大教授、大作家，著作等身，在全国都是有名的。彭教授是我们请都请不来的尊贵客人，他今天能来到我们县，实在是我们县的荣耀和福分。唉，对了，彭教授，你刚才说你要来我们县做什么？拍照片？拍什么照片？"

我说就是随便拍些树呀森林呀之类的东西。

"拍树、森林？你研究这个？"

我说不是研究，就是打算出版一个影集吧，不过也还只是计划而已。

"那这样，许主任，彭教授在我县活动期间，你负责全程陪同，好不好？彭教授需要什么帮助，你一定想办法安排好，好吗？"

许主任满脸笑容地说：

"我知道，我知道。肖县，不瞒你说，我是读着彭教授的文章长大的，他的那本《相对贫困论》，我看了不下八遍。"

肖县说：

"你看，你看，都用不着我介绍了吧！名人就是名人，走到哪里都有粉丝。就这样，你先带彭教授到宾馆休息，中午我们一起吃个饭,我们饭桌上边吃边谈,好吧,彭教授,你看如何?"

我说没问题,一切听安排。

肖县长把我送出他办公室,许主任说他要回自己办公室拿一个什么东西,肖县长就跟我一起乘电梯下楼。在电梯里,他又说,实在对不起你呀,彭教授,上次你弟弟那个事情我帮不上忙。

我说你已经帮大忙了,我估计要是没有你和秦川县长的关照,我弟弟可能早就被就地正法了。

肖县长笑着说,哪里哪里,彭教授莫说笑话,现在是依法治国,总还是要讲法律程序的。

5

一觉醒来,我发现我置身于一个相当豪华的宾馆之中。那洁净的白色床单,那超大的液晶电视,那发出轻微响声的中央空调,还有窗台边的那个软软的沙发躺椅……这一切都令我感觉陌生。可就在我醒来之前,我还梦见自己是在省城大学的家里,橙子依偎在我身边,她不停地哭泣,不停地抱怨说,你怎么那么狠心,我离开你是发点小脾气,但你居然对我不闻不问,难道我死了你也不感到有一点难过吗?我说着狠话,说,你是咎由自取,你自己要为你的任性负责,你不是小孩子了,你说我狠心,你自己摸着良心说说看,我们结婚这二十五年来,你生了我多少气,你给过我几天幸福快乐的日子……橙子呼地从我身边站起来,扬手就给了我一巴掌,她咆哮着说:"是我没良心还是你没良心,我为你当牛做马几十年,每天服侍你像服侍皇帝一样,你说过一句感谢我的话没有?你老骂我遗传我父母的坏性格,那你的父母又给了你什么样的性格?我既然在你眼里一无是处,为什么当初你要选择我……"

我承认,这天凌晨,我是被一个虚无的声音骂醒的。就在醒来的那一瞬间,我耳朵里似乎还能听到那骂声的余音。我打开手机一看,时间才是凌晨三点钟。我知道这个时候醒来我就不可能再睡着了。最近几个月我差不多都是这样。自从三弟沓子进去之后,我的睡眠就一直不好,经常会在凌晨两三点钟醒来,然后再睡不着,很多时候是睁着眼睛在床上辗转反侧挨到天亮。而在橙子离开我之后,这种失眠的状况变得更加糟糕了。

我把房间里所有的灯都打开了。我开始慢慢记起来白天发生的一些事情。比如中午吃饭的时候,肖智县长来了,他说下午还有会,不能喝酒,就叫许小东陪我喝酒。我开始不答应喝酒。事实上,我也没心情喝酒。但他们不容分说地打开了一瓶五星习酒,并说,彭教授来了,我们哪能不喝酒呢?然后就开始轮流给我敬酒。结果五个人不知不觉喝了三瓶。我中午就很有点酒意了。到晚上吃饭的时候,肖县打电话来说他有会,不能来陪我吃饭,许小东主任继续作陪。这回他喊来了几个特别能喝酒的苗族中年妇女给我唱歌敬酒。按照本地苗族的习惯,她们唱歌,我喝酒,她们自己是不喝酒的。歌是一首接一首地唱,酒是一杯接一杯地喝,所以这天晚上我到底喝了多少我也不知道。最后我是怎么回到宾馆的，我也记不得了。

一直熬到凌晨五点钟我才又重新迷迷糊糊地睡了一下，然后六点半又醒来了。醒来我就不敢再睡了，赶紧爬起来收拾行李、洗漱，然后到宾馆前台结账走人，连早餐都没吃。

昨晚我喝断片了，很多事都不记得了，但最重要的事我并没有忘。今早我要去一个叫岔河村的寨子，那是一个侗族聚居的山寨，位于清水河畔。这个寨子据说今天有一个庆祝新鼓楼落成的庆典仪式。消息来自许小东主任。昨天中午吃饭时，我给他说我计划去拍摄他们县的几棵很有名的千年古银杏树，我想这时候应该正是银杏树黄叶翩翩的季节，最适合拍摄了。但小东说，那些树你过几天再去拍摄都不迟，明天岔河村的新鼓楼落成典礼你错过了就很难看到了，所以我建议你明天先去岔河村。

我满心欢喜，说，那当然是要先去岔河村啊！

许小东昨天还跟我约定，今天上午八点半钟他来宾馆叫我一起去吃早餐，然后再一起去岔河村。但我后来在当地一个摄影微信群里看到一个信息，说岔河村今天在举行鼓楼落成庆典之前，还有一个古老的祭祖仪式，时间在上午八点钟，如果有人要去拍摄的话，必须在七点半以前赶到。

我赶到岔河村时，还不到八点钟。我本以为这活动搞得那么大，现在信息又那么公开，可能村口路头早已停满了各种车辆，可能都没地方停车了，结果却没看到几辆车，也没看到有太多来看热闹的人。但鼓楼里有歌声，我就往鼓楼里走。路上遇到一位老人家,身穿盛装,我问他:"老人家,你们村那个祭祖活动在哪里搞啊?"他说就在前面那几棵大树那里,又说他也正要去参加祭祖。我就跟着他走。我边走边拍摄寨子风景,又问老人家年纪多大了。"八十六岁了。"他说。

到了祭祖地点,才发现那里早已开始祭祀了。没有看到有别的摄影人,只有我一个人在拍摄。真好。而且,那些祭祖的当地侗族人非常喜欢我给他们拍摄,每个人都很热情地配合我,还指点我到哪个位置拍摄才好。

拍摄结束,许小东才打电话问我在哪里,我说我已经到了岔河村。他说,啊,怎么去那么早?我说,不早了,这里的祭祖活动都已经结束了。

后来我在新鼓楼里遇到许小东,他说没赶上拍摄祭祖,后悔死了;因为他得到的消息是九点以后才开始祭祀,没想到他们八点钟就开始了。

村民祭祖结束后,就列队吹笙走过村寨,然后来到新鼓楼前面的地坪上跳"多耶"舞。我一直跟着他们走,上蹿下跳地拍摄他们的活动。到上午九点钟左右,村里举行了一个简单的开幕式。在开幕式过程中,有远近的客人不断前往祝贺,每来一组客人都要被岔河村的人拦住唱歌敬酒。鞭炮声不绝于耳,芦笙也一直吹奏不停,腰鼓声响彻云霄……

到上午十一点半,庆典活动告一段落,主人开始招呼四面八方来的客人吃饭。乡村的大锅饭当然比不上县城酒店里的宴席,所以许小东的意思是要我跟他一起返回城里吃饭。我说，我不去了，我就在这里随便吃点。他说，那怎么行，你是我们尊贵的客人，我们不能这样怠慢你。他一定要我回城里去吃。

我坚持不去。而且我还说，你也不用这样整天跟着我，你不喜欢摄影，你是等不起我的，再说我知道你很忙，你就先回去吧，我自己自由活动就好了，有什么困难我打你电话。

他大概是打电话请示了一下肖县长，然后便答应我的请求了。我一个人留下来跟着村民吃"长桌宴"[1]。

吃饭的人太多了，大概有三四千人吧，把河边沙坝边上的几丘干田[2]全部占满了。我好不容易找到了一个位置，跻身其中，随便吃了两碗饭就离席走人了。

我再次来到早晨村民祭祖的地方拍摄那几棵大楠木树。那是几棵罕见的古老楠木树，其中有一两棵已经空心了，感觉快要倒下了，但其树叶依旧繁密。

我从不同角度进行拍摄，差不多到下午三四点钟我才拍好。这时，一个老人不知从哪里冒出来的，对我说：

"原来还有几棵大楠木树，大得很，也直得很，比这几棵都直都大。"

1　西南地区苗族、侗族等少数民族常见的一种宴席形式，即在街道或宽阔地方用桌子连接着桌子，摆成长长的饭桌，然后主人和客人分别坐在桌子的两边，一起喝酒吃饭，因为桌上的菜肴来自各家各户，所以长桌上的酒菜并不统一，内容非常丰富，形式也十分壮观。

2　干田：方言，旱田的意思。

"后来被谁偷砍了？"我问。

"没有被偷砍，是砍去建设城市了。"老人说。

"哦？那你们村应该感到很光荣嘛。"

"光荣倒是光荣，就是可惜长风景没有了。你要是那个时候来拍照，那好看得很。"

"剩下这几棵你们要保护好，不能再砍了。"

"我们没人敢砍！这些树是我们寨子上的风水保寨树，动不得的。"

6

我顺清水河而下，一路走一路拍摄。有一天来到了一个叫乌林的苗寨，刚好赶上他们在过芦笙节，热闹非凡，我因此拍摄到了不少漂亮的民俗生活照片。

这个寨子几乎完全被森林覆盖，如果不是过节，不是人声鼎沸、乐音震天，一般人很难发现这里还有一个如此漂亮的寨子，而且是一个很大的寨子。

寨子上的人家大多数都还住木楼，甚至很多人家的屋顶上盖的还是木皮。当然，寨子上也有了好几栋水泥砖房，但看得出，这些砖房都是新修的，应该就是最近一两年才修起来的。如果忽略这些砖房，这个寨子就简直太原始了，仿佛一处古老的部落民居。

我很奇怪,当初怎么没有人给我介绍这个寨子。其实我之前也驱车路过这寨子多次,虽然那个时候还是泥巴路,还不是水泥路面,但到底是通了公路的呀,而且通了好多年了呀,我怎么可能对这寨子一无所知呢?

我打电话给许小东说,我到了乌林苗寨,这个寨子非常漂亮,怎么没听你们说过啊?

许小东说,你到了那里啊,那你照相就要小心啊,那里的人,只要相机对准他们,他们是会拿石头打你的。

我问为什么。

他说,当地的苗族人认为汉族人照相就是要把人的灵魂摄去,所以他们非常反感外人拍照,以前经常出现外来摄影师被打的情况。

"有这样的事?"我觉得不可思议。

我从大学毕业参加工作起,就一直坚持每年都要去乡村行走几个月,算下来已经坚持三十多年了。我过去也的确听说有些地方的苗族人有这样的认识,所以他们不喜欢被拍摄。但我只知道他们不喜欢被拍摄,却从未听说他们还会跟拍摄者发生冲突。苗家人在外形上看着强壮,其实他们普遍性情温厚。

"那个地方的人有点野。"许小东对我说,"当然,现在已经很开放了,我们县也正在准备把他们村开发为民族旅游村。"

现在的确是很开放了。我看到有很多外地来的摄影人都在尽情地自由拍摄,当中甚至还有几个老外。我不知道他们是从哪里来的，来自哪个国家，反正，人人都拍得开心得不得了。

不过，被拍摄的人在被拍摄之后的确都会伸手要钱。

我拍摄的几个妇女、老人和小孩，也都跟我伸手要钱。我当然给了，而且给的数目还不小。

因为他们的形象很特别，很古老，我看到那些拍摄者都很愿意给他们钱。

我在那寨子拍摄了一个上午。到中午时分，芦笙坪那里的歌舞表演暂时告一段落，大家纷纷散去吃饭。我正准备在附近的临时摊点搞点吃的，就接到了琼英打来的电话，她说当初她听了那狗日的樊律师的话，没去交那个"复林款"，现在再去交，等于是补交，还得多交一千多元的滞纳金，变成五千多元了。关键是，人家还不让交了，说时间过了，交不了了。她又通过老布出面去跟徐光琅讲，人家才让她补交的。

我说，交不了那会咋个吗？

她说，交不了的话，法院就会说耷子没有认罪情节，难得判缓刑。

"你问一下樊律师嘛。"我说。

"你还要问那狗屁的律师呀！就是他跟我讲不要去交，所以现在才被搞得那么被动。要是当初不问他，直接听老布的话，我们现在也不会那么被动了。"

我思索片刻，就对琼英说：

"这律师既然我们已经花钱请了，又退不了钱，那我们就得把他当自己人看待，好好跟他合作，争取从他那里得到最大的支持。他的人品有问题，他的工作做得不好，那是他的事，我们首先要懂得尊重人家……不管咋个讲，请律师是没错的。樊律师是有点不熟悉业务，也的确有点油滑；但我总觉得他并非一无用处，起码到开庭的时候，他还可以在法庭上帮沓子辩护一下。"

琼英说，检察院这边，他们的起诉书里讲沓子有自动投案情节，这将来可能对减轻沓子的判罚有一定的帮助。

我说沓子自己去的林派所，本来就属于自动投案。

我又说：

"哦，对了，你去哪里拿钱来交的罚款？你不要去跟人家借高利贷啊，你没钱就跟我讲。"

这回我主动问起琼英还有没有钱的事。

她说交罚款的钱还有，这个钱本来是沓子打算跟别人合伙种茯苓的钱，存在银行里的，现在先拿来用了。

我说没钱你就跟我讲，不要不好意思。

她说，好的，只要还有点办法，我们尽量不跟你开口，毕竟我们欠你那么多钱了，也太拖累你了。

琼英这话让我心头顿生暖意。我想起沓子刚出事时，侄儿兴茂还提醒过我，说你什么都答应三妈，万一她真的跑掉了，三叔那不就悲惨了……如今三个多月过去了，她不仅没有丝毫走人的迹象，而且依旧每天在为三弟沓子的事情上下奔忙。我不能不对她刮目相看，也改变了之前对她的粗暴态度。

"你莫这样讲,钱是人找的,只要老三能平安出来,就是多花点钱,也是值得的。"

我似乎听到她在电话那头哽咽了。

7

接完电话,我看到吹芦笙的人们都散去吃饭了,看热闹的人们也纷纷离开芦笙坪。我也打算离去,但一时又不知道去哪里好。

这时,芦笙坪附近树荫下的一个美丽苗族少妇进入我的视线。她怀里抱着一个一岁大小的孩子——准确地说,她正在给那个一岁大小的孩子喂奶。她的奶子是暴露出来的,白白胖胖地露在外面,我的眼睛顿时像被闪电闪击了一下似的,整个人都显得有些不自在——我知道这是一个不错的镜头,是一个很温暖的画面,但我怎么才能拍摄到这个画面呢?我知道拿起相机直接拍摄太不礼貌了,而且太危险——早晨许小东说的此地苗人较为强悍的话还在耳畔萦回,所以我不想惹麻烦,但这画面又实在美好……

我假装在看手机,然后用眼角余光观察那少妇,当我确信她并没有注意到我的时候,我拿起相机迅速咔嚓了两张。结果,她还是被惊扰了。她抬起头来,看着我。我以为我会挨骂,但没有。她居然又若无其事地继续给她的孩子喂奶。

那两张照片并没有拍好,因为我距离她比较远,用的又是广角镜头，人太小了，她白净的奶子看上去像一个小小的乒乓球。

我又大胆偷拍了一张。这回我拉近了镜头，效果好多了，但人还是小。我得走近她才行。

但那怎么可能。如果她男人就在附近，我会不会真的被打死啊！

我看了一眼周围，没看到有别的男人，就从摄影包里拿出一把水果糖，向她走去。我把水果糖递给她，说，糖，给你的孩子……

她笑了起来，说了一堆话，但我一句也听不懂。

不过我知道，我不会有危险了，因为她说话的时候，那笑容很甜美，很灿烂。而且，我还发现，她丝毫没有想要遮挡自己胸部的意思，白白胖胖的奶子自自然然暴露在我面前，这更加刺激了我想拍摄的欲望。

"我给你孩子拍一张照片，可以吗？"我对她说。

她又咿咿呀呀咿咿呀呀地说了一大堆苗话。我还是一句也没听懂。

周围只有一些小孩在跑来跑去，没有人给我们做翻译。

我又给她拍摄了一张，又一张，又一张，又一张。

说实话，我的镜头是对准小孩的，但我的焦点却聚焦在她的奶头上；而且，我用了大广角，我知道，这照片实际上会把她和她的孩子全部拍摄进去。

她突然伸手抓住了我的相机，我吓了一大跳，但看到她的脸上始终充满笑容，我又放心了。她的意思，是要我给她看看我拍的怎么样。

我回放给她看。

她又"咿咿呀呀,咿咿呀呀"地说着。

"你很漂亮!"

"咿咿呀呀,咿咿呀呀……"

"我长这么老,还从没见过有像你这样漂亮的姑娘。"

"咿咿呀呀,咿咿呀呀……"

"你是乌林人吗?"

"咿咿呀呀,咿咿呀呀……"

"好吧,我想去你家吃饭,我开钱给你,可以吗?"我比画着吃饭的样子。她大概明白了我的意思,用手指着前面不远的临时饮食摊点。

"我想去你家吃饭,糯米饭,我爱吃你们的糯米饭,你带我去你家,我开你饭钱。"

她有没有听懂我的话,我不知道,但我看到她收起了脸上的笑容,我就知道事情不妙。

"好了,好了,我不去你家,不去了……"

一个矮小瘦弱的男人出现了,他给她带来了一串烧烤的鸟雀。男人手上还拎着啤酒。

男人听了女人的话,转向我说:

"这位大哥,你是说要去我们家吃饭?对不起,我们不是这个寨子的人,我们是来走亲戚的。你要吃糯米饭,前面有卖的。"

我当然不是真心想去他们家吃什么糯米饭啦,我的意思是借机去他们家看看,多拍摄些那女人的生活照片,同时也希望能跟她结识,以便还有更多的机会来给她拍摄。我心里非常清楚,她绝对是一个可以拍出大片效果的对象。

但我没想到他们不是本地人,又理解错了我的想法,我知道事情搞不成了,就拿了十元钱给她,表示是刚才拍摄应该支付给她的报酬。

没想到,她却死活没有接。她男人说:

"你给我小孩照相,应该是我给你钱。你给我钱,就不对了。"

噢?居然还有这样的人?我立即警觉——这个人是不是在说反话?长年在苗乡侗寨奔走,我知道苗族人说话很幽默,说反话是他们一贯的方式。

我以为她嫌少,我换了一张五十元的递给她。

她还是不接。

"你想吃糯米饭?"她男人问。

"嗯。"我点点头。

"来!跟我走!"他笑着拉住我。

我不知道他葫芦里卖的什么药,就跟着他走了。女人随即也跟了上来。

他把我带到他的亲戚家,一栋还算宽敞的木楼,里面有很多人在吃饭喝酒。

他"咿咿呀呀，咿咿呀呀"地把我介绍给那些正在吃饭喝酒的人。大伙听明白了，就过来拉我入座，说，糯米饭有的是，有的是，随便你吃。又说，不仅要吃糯米饭，还要喝酒吃肉。

糯米饭，还有米酒和肉，很快就端到了我面前。

"吃！"他们说。

看到他们真诚的笑容，我就知道，我这回应该是遇到真正的传统苗家人了。

没有人问我是哪里来的人，是干什么工作的，都没问。只一个劲地劝我吃肉喝酒。我说我要开车，不能喝酒。他们说，今天可以喝，今天过节，可以喝。

我喝了一口，又一口，又一口，又一口。又一口。

然后，有妇女过来给我唱歌敬酒。一杯，一杯，一杯，又一杯……

我醉了。

她们唱的歌，非常动听，虽然我一个字也听不懂，但我很欣赏，很享受。坐在我身边陪我喝酒的男人说的话，我也一样听不懂，但我听到他们嘴里一直在说"记者"两个字，我就知道他们误把我当成记者了。没人知道我是一个教授，一个在全省乃至全国都相当有名望的教授。

我四处张望，用眼睛寻找那个有着一双白白胖胖奶子的少妇，我没有看到她，也没有看到她的男人。只有一个又一个前来敬酒的陌生妇女，一个二个丰乳肥臀、健康结实。

"我听讲,你们村不喜欢外面的人来拍照,是吗?"我问一个陪我喝酒的男人。

"没有啊,喜欢啊。"

"他们说,你们过去经常打外面来照相的人?"

"……以前有打架,但打的是那些来偷木材的人。"

"偷木材?"这是我完全意想不到的答案。

"对,偷木材。他们先来照相,再派人来偷木材。半夜来,一夜砍光我们很多古老的大树,并连夜拉走了……后来看到那些来照相的我们就打……"

"这样啊……"他们的答复让我感到很惊讶。我实在没想到他们打人原来是出于这个原因。

"好人我们是不打的。"

"但给你们照相你们要钱这个总是事实吧?"

"我们不要钱。"

"我今天看到很多人都给了,十块。"

"十块,对,对,对,买酒喝,一起喝……"

8

琼英来电话告诉我,沓子的案子定在十二月十九日开庭,问我得空回去参加开庭不。

那时候，我还在清水河沿岸的大山里游荡。我越来越留恋这山里的世界了，尽管三十多年来我一直行走在这大山丛林中，早已习惯了这里的生活。但这一次的旅行于我又别有滋味，这是我在橙子离开之后的第一次独自旅行。在她刚刚离开我的那段日子里，我说不心痛是假的，我说深夜里没有独自哭泣也是假的；但是，在这一次沿清江河独行的过程中，我对人生有了新的发现和认知。我觉得，我当初大学毕业选择留在省城参加工作，本身就是一个极大的错误。其实，我不适合在城市里生活，更不适合娶城市女人或知识分子女人为妻，我就应该生活在像乌林这样的大山里，娶一个有着白白胖胖奶子的女人为妻，歌舞亲爱，生儿育女，过那种既简单朴素又自由自在的生活。

"我要回。"我对琼英说。

琼英说：

"不晓得最后他们咋个判，但我去交钱的时候，法院的人对我说，妹啊，可怜你为他的事情天天跑路，你也真是不容易……"

我说：

"不管他们怎么判，我们都尽力了……我也实在是无法了……"

清水河沿岸有个叫大堆的苗寨，寨子周围有一片茂密的原始森林。我航拍了那片森林，但我没有走进去。当地人告诉我，那里是他们的坟山，一般人都不敢走进去。

我也不敢。

我本来通过许小东联系到了这个寨子一个姓代的村长，在电话里他答应在村委会里等我。但我把车子停到村委会门口时，却没有看到里面有人。我按了好几声喇叭，也没有人出来。我以为代村长还没到，就在车上坐了蛮久。后来觉得等得太久了，就再次打电话给他，他却说他在村委会楼上。我就关好车门走上楼去，结果看到有几个人正在办公室里抽烟聊天，我问，哪位是代村长？其中一个说，我就是。我一看，这人浑身上下有一种说不出的令我不舒服的感觉，简单对付几句之后，我就不再跟他啰嗦了。我背着相机走进寨子，然后是完全无目的地瞎走乱窜。

虽然已是寒冬季节，但有阳光肆意地泼洒在这寨子的木楼瓦顶和山坡上，草木葱郁，大地温和，我的心情很是不错。

站在寨子中间的一处开阔地，我拿出无人机来航拍整个寨子。当无人机从地面呼地一下往天空上蹿升，越升越高，高到五百米的时候，我从手机屏幕上看到的景象就像是时间的倒流，许许多多的事物，包括木楼、森林、河流、梯田、草木、鸡鸭、牛马、狗、人……一样样由清晰变为模糊，由实在变为虚无，一切就像我多年前做过的一个梦。

无人机吸引来很多的妇女和小孩，也有几个中年男人。其中一个中年男人问我吃饭了没有。我说还没吃。他说还没吃就跟我回家去吃饭。

"好嘛。"我说。

我跟着他到了他家。他家的生活境况相当差，家里除了一台液晶电视就再没看到有别的电器了。房屋到处漏光透风，夏天可能很凉快，但冬天就比较惨了。他吩咐妻子立即杀鸡招待我。我说随便吃点糯米饭就可以了，不要杀鸡。他说，你是远道而来的客人，你第一次来到我们家，按照苗家人的习惯，我们得杀鸡招待你。

他有四个孩子，三个男孩、一个女孩。我从摄影包里拿出些糖果散给他们。他们羞涩地接过了，但并不立即吃掉，而是拿在手上议论了很长时间。

我问他们在说些什么。他们用普通话对我说，我们老师说，不要接受陌生人的礼物，尤其不能吃陌生人给的糖果。

他们的爸爸说，这个叔叔不是陌生人，他是爸爸的朋友，他给的糖果你们可以吃。

孩子们这才开心地吃了起来。

那天我又喝醉了，而且醉得相当厉害。因为我们喝的好像是一种叫"重阳酒"的米酒，喝的时候感觉很甜，好喝，之后却在不知不觉中醉过去了。我依稀记得主人家把我安顿在堂屋的木沙发上，并给我盖上了一床厚厚的新棉被。

9

我梦见我去青山县看守所接我弟弟了，我清晰地记得我是从宰马镇出发的。临行前，我去跟老五告辞，叫了他半天，他才慢慢吞吞地从里屋走出来给我开门。他问我是谁,有什么事。我说,我是你姐夫呀,你怎么就不认识我啦?我才离开你没几天啊?

他说:"啊,是姐姐……姐姐姐夫啊,你来有……有……有什么事?"

我说我来给你送点钱。

我把一沓钱拿给他,嘱咐他千万别拿去买码了。他说:"总是差……差点运气,不然就……就……就,一劳永……永……永逸了。"

我很想批评他几句,但还是忍住没说出来。

我刚发动车子,就接到了樊律师发来的信息:"判二缓二。"

我有点看不明白,赶紧打电话给他,问他这是什么意思。

他说,你怎么不来参加开庭?那么大的事情你应该来啊?"判二缓二"的意思就是说,法院判决的结果是,判两年徒刑,缓期二年执行。这已经是我们能争取到的最好的结果了。你过来接他回家吧,他今天可以跟你回家了,你弟媳正在给他办理相关手续,你在哪里呢?

我说,我已经在路上了,就快到了,我请你吃饭吧,你等我一下。

他说,饭就不吃了,我有点事还要急着赶回省城去,我已经上高速了,下次吧。

我把车子开上高速公路,一路狂奔,终于在下午三点钟赶到了青山县城。我直奔看守所,并在看守所前面的空地上找到了一个停车位置。

我刚从车里走出来,就看到我大妹、大妹夫老秀,还有我二妹,以及侄儿兴茂和兴旺,他们都等候在门口。我问他们,怎么不进去接沓子?

他们说,琼英还在检察院办理手续,办了一个下午了,居然还没搞好,不晓得是咋个的。

我问他们来多久了,他们说来了一天了,一大清早就来了。

我赶紧给琼英打电话,问她什么情况。她说检察院这边写的材料写错了名目,得重新回单位写,耽搁了,现在已经搞好了,马上到。

老布及时出现了。他从警车上下来,跟我们一一打招呼,然后问我们怎么不进去。

我们没人回答他,因为我们不知道犯人家属是可以进看守所去坐的。

我们跟着老布走进看守所,里面的警察会说侗语,我们用侗语跟他攀谈起来。

一辆法警车出现在看守所的门口,我知道,三弟沓子应该能够出来了。

琼英随后也赶到了。她骑着那辆新买的摩托车,骑得飞快。她带了我两个妹妹给沓子买的新衣服新裤子来。

她直接走进看守所里面去给沓子换上新衣裤,然后带着沓子走了出来。我看了看时间,这时候正是下午五点整。两个妹妹原打算要在门口放一挂鞭炮，被我制止了。我把沓子接到我车子的后排位子上，后排坐着他的宝贝儿子兴旺。父子俩久别重逢，紧紧抱在一起。

二妹坐在我的副驾驶位置上。

大妹和大妹夫老秀骑摩托车先走，直接回老家盘村。琼英也骑摩托先走，但她没有回家，她要先去联系一家澡堂，好让沓子去痛痛快快洗个澡。

老布安排了隆重的晚宴，把我们所有人都留下来吃饭——他有让我们当面答谢那些曾经帮助过我们的人的意思。

我跟着老布把车开到老布预订的酒店门前，琼英随即赶来把沓子接去洗澡。我问他们要到哪里去洗，琼英说就在前面。我不放心，叫兴旺跟着过去。我对兴旺说，你要跟着你爸爸。他很懂事地点点头，然后跟着爸妈走了。

老布请来的客人陆续到达，老布给我一一介绍。我一直在说，谢谢你，谢谢你们，给你们添麻烦了……老布说，我们到屋里去坐，外面冷。

我说你们先进去，我在外面等我弟弟，我们一港港就进来。

我等了半天，没见琼英和沓子回来，我就有点慌乱了，我觉得这可能是一个梦。我想，如果不是梦，我怎么可能现在一个人孤零零站在寒风中？我为什么看不到我弟弟？他在哪里？

我赶紧给琼英打电话，问她沓子洗澡洗好了没有。她说洗好了，我说那你们现在哪里，她说在前面不远的地方。

我叫她发位置图给我,我马上过去接他们。

我接到沓子时,心里还是感觉很慌乱,就仿佛我会再次失去弟弟似的。于是我就准备直接驱车把沓子、兴旺和我二妹送回老家了。

从县城到我老家盘村,有三十五公里的路程,我打开车灯,小心翼翼地开着,妈妈已经多次打来电话,说家里已经备好酒菜了,专等我们回去。

琼英还是自己骑摩托先走。

上了高速之后,我才到服务区停下车给老布打电话,说我还是把沓子送回家先,因为妈妈在家里望眼欲穿,今晚的宴席我们就不参加了,等过两天我回来请你们吃饭。

老布说,那也要得。

在车上,我对沓子说,你出来了,不要去嫉恨任何人,也不要去找大鬼和烂药的麻烦,要好好总结教训,夹起尾巴做人,晓得不?

弟弟说:

"晓得。"

我又说:

"三哥老灵死了,你晓得不?"

弟弟说:

"我听讲了。"

我没问他是听谁讲的,我说你这次落难,给你帮忙最多的是老布，你以后要记得还他的情。

弟弟说：

"这个你放心，我肯定会感谢他的，不过他也应该帮我，他弟弟砍木材超的方比我的还多得多，我要是说出来，他两弟兄也老火……"

他的话让我一时语塞，不知道该说什么才好。

天气冷，我开着空调。二妹早已睡着了，不再言语。沓子和兴旺在低声谈论着什么。父子俩整整分别四个月了，他们当然应该有很多话要讲。我觉得这情形太像梦境了，仿佛所有的东西都并不真实，于是故意猛踩了一脚刹车，车子竟然安稳地停在了我老家的大门口，妈妈站在路灯下，像一个苍老的树兜……

2018年10月16日初稿于湘潭

跋
我想写一种真正的侗族小说

  我刚学习写作小说那会儿，正是中国先锋文学还很盛行的时候，残雪、马原、扎西达娃、莫言、余华等一大批才华横溢的作家，创作出了一批极具先锋品格的文学作品，我曾经对这些作品敬佩之至，我甚至一度生出也想要模仿他们这种写作的念头。但是，这个念头仅仅一闪而过，并没有在我心中停留太久，因为，我觉得，在中国，现实主义的文学其实更适合中国读者，或者说，现实主义更适合描写中国人的生活现状。我记得当年的路遥也与我有着同样的判断。在写作《平凡的世界》之前，路遥曾经研读过大量的中外名著，其中有很大一部分就是欧美现代主义的作品，但他后来选择了以现实主义的创作手法来完成《平凡的世界》的写作。他这部作品到底写得怎么样，我无法评论，因为我至今仍未拜读，但我知道这部作品在中国拥有着无比巨大的读者群；尤其是高校里，这部巨著总是当代大学生们借阅最多的作品。与此同时，我还看到余华在20世纪90年代初期的一个华丽转身，他大概是在1992年前后，创作并发表出了后来让他名满天下的长篇小说《活着》和《许三观卖血记》，而这两部作品，被评论界公认为是余华从先锋主义转到现实主义的标志性作品。事实上，余华后来拥有非常广泛的读者群，跟他在写作上的成功转型直接相关。

似乎从一开始，我就没有太多的试探和犹疑，就决定采取最朴素的现实主义创作手法来写作小说。我记得我写作的第一个真正意义上的小说作品，就叫《伤心篱笆》，是由几个关于故乡生活记忆的短故事组成的。后来这个作品发表在《花溪》杂志上，并很快被法国汉学家安妮·居里安翻译成法文，发表在法国的一个文学刊物上。我似乎因此受到鼓舞，接下来又写了很多关于故乡生活记忆的故事。那些故事，先是在一些国内的文学刊物上发表了，后来又结集出版，书名也还是叫《伤心篱笆》。

与《伤心篱笆》一起结集出版的，还有另外两部小长篇，分别是《木楼人家》和《故乡信札》，这三部作品被读者戏称为我的"故乡三部曲"。可以说，那也是我在小说创作上第一个阶段的成果结集。到2018年，我出版了"故乡五部曲"——《解梦花》《敲窗的鸟》《桃花水红》《河畔老屋》《山河恋》，我已经进入小说创作的第二个阶段。而在我这个阶段里，我已在有意识地摆脱原来的现实主义，而学习借鉴了一些现代主义的创作手法。我似乎在走着跟余华们相反的道路。

为什么要做这样的改变呢？细想起来，也没什么明确的理由。但在我看来，一切选择和改变又都十分的自然和顺理成章，没有刻意的痕迹。总之是，我想努力描画一个我心中更加真实的故乡世界，或者说，我想写作一种真正的侗族小说。

那么，什么才是真正的侗族小说呢？这个，我也没办法给出一个明确的定义和答案。但我知道，很多侗族作家写作的东西，都不是侗族小说。我记得有一年去成都参加一个少数民族文学的学术研讨会，在会上见到了大名鼎鼎的藏族作家阿来，也听到一些与会者对阿来作品的批评。其中，有一种批评的声音让我感到非常震惊，那就是说，一些藏族作家并不认可阿来的作品是真正的藏族文学。这个事情给我留下的印象太深刻了，以至于在之后的很多年里，我也在不断地追问自己，我的文学算不算真正的侗族文学？

《青山谣》是我在出版"故乡五部曲"之后创作的第一部长篇小说。写作的动力来源于一个真实的故事，即我弟弟被人诬告而身陷囹圄。我由这件事情，联想到很多侗族人的生活现实，并由现实进入他们的历史。当我追溯到某一步的时候，我就大概知道，一种真正的侗族文学，应该是一种什么模样了。

而在写完这部作品之后，我并没有乘胜追击，继续写作我心中的侗族小说，而是选择了停笔。从2019年至今，我没写出任何一个字。我选择了去跟民间歌师学习演唱侗族诗歌。两年时间过去，现在，我不仅能够演唱很多形式和曲调的侗歌，而且，我还能用侗族语言创作出一些侗族诗歌。而有了这样的经历，我感觉自己距离写出真正的侗族小说，又近了一步。

2021年6月15日于故乡盘杠

"悦书坊"书目

潘年英《青山谣》
谢永华《清风在上》

// 集木工作室

投稿邮箱：jimugongzuoshi@163.com

微信公众号：集木做书